La banda sin futuro

Marilar Aleixandre

La banda sin futuro

CÍRCULO de LECTORES

Para Fernando,
sincero en la vida y en el teatro

'cause falling in love
is so hard on the knees

porque enamorarse
hace polvo las rodillas

Aerosmith

1
La banda sin futuro

Lunes, 21 de septiembre

Echarle mano a todas las fotos y hacerlas desaparecer no es difícil. Más complicado es hacerse con los negativos, pero he de conseguirlos. Mi madre es muy ordenada, yo diría que neurótica del orden. Todo tiene que estar en su sitio, ni un centímetro más arriba o más abajo. Una puerta de armario entreabierta, un suéter doblado en el estante de las camisas, cosas como ésa bastan para ponerla a cien. Pero alguna ventaja tenía que tener, y hay un sitio para los negativos, no tengo más que sacarlos de la cajita de su cómoda.

No pararé hasta que consiga hacer desaparecer todas las malditas fotos. ¡Qué asco de familia! No sé por qué tienen que hacerle fotos a una persona que no quiere salir en ellas. Que si el santo de la abuela, que si la boda de mi primo Ricardo...

–¡Ven aquí, que sólo faltas tú!

Y después, mi padre, con el disco rayado de todos los años:

–Tenéis que haceros una foto con la abuela..., igual es el último año.

¡Pobre abuela! ¿Por qué quiere matarla todos los veranos? Y con lo campante que está, que no parece tener ninguna intención de morirse. Yo, si fuese ella, no dejaba que me hiciesen fotos. Haría como esos indios que se niegan a fotografiarse porque temen perder para siempre su espíritu si se escapa a la imagen. Tanto me carga la historia de la foto con la abuela que le respondí a mi padre:

–Pues si de verdad fuese el último año ya no le serviría de recuerdo, porque no iba a verlas.

–¡Ya está bien de impertinencias! –grita él–. ¡Mi paciencia tiene un límite!

Siempre dice eso, aunque el límite de su paciencia no debe de ser muy amplio, porque se ve que lo alcanza en un instante.

Lo que decía: que voy a proceder a la eliminación de las fotos. Ya es bastante con verme así todas las mañanas en el espejo. No quiero fotos. Cuando acabe esto será como si estos meses no existieran. Borrados.

A veces imagino que, cuando pasen estos dos años y acabe el bachillerato, podré volver a la ciudad en la que vivíamos hasta el año pasado. Sólo tendré que escoger una carrera de las que hay allí; una ingeniería, por ejemplo. Así, con un poco de suerte, será como si quedase eliminado, no sólo estos meses, sino todo el tiempo que viva aquí.

Sería más fácil si no tuviese que ir al instituto. Yo esperaba no tener que ir al instituto. Total, iba a perder un trimestre. Como dice Corina:

–¿Qué es un trimestre comparado con la inmensidad del océano? O, aún más: ¿qué es un trimestre comparado con la escala del tiempo geológico? ¿Sabéis cuántos millones de años tarda en formarse un simple pedrusco de granito?

Bien, pues cuando Corina dice eso en la serie de la tele, toda la familia –la suya y también la mía– se parte de risa. Cuando lo digo yo, una bronca de campeonato: «¡No empieces con tonterías!».

Yo confiaba vagamente en no ir al instituto hasta enero. Por eso, las órdenes de mamá me cogieron desprevenida.

–Ponte los zapatos, que vamos a comprar los libros. Tienes que forrarlos, y quedan sólo tres días.

Me até los zapatos intentando convencerme a mí misma de que los libros debían de ser para estudiar en casa... Pero, en cuanto salimos a la calle, ella confirmó mis temores.

–Dice el tutor que tres meses es demasiado tiempo para que pierdas las clases, que el bachillerato es mucho más difícil que la secundaria y, además, que no sabe si en el instituto en que estabas antes darían lo mismo que aquí o no.

Porque, las desgracias nunca vienen solas, acabamos de mudarnos a esta ciudad después de vivir toda la vida en otra. Cosas del trabajo de mi padre; un ascenso, parece. Mi madre también tuvo que pedir traslado para otra escuela y, como este sitio está muy difícil, acabó a doce kilómetros y teniendo que coger el coche todos los días, sólo que ella nunca protesta. Aquí no hay mar y tampoco conozco a nadie en ese instituto nuevo ni sé de qué pie cojean los profesores. Si fuese el de antes, igual conseguía convencer al tutor de que iba a estudiar en casa. Mi amiga Nati me dejaría los apuntes y vendría a hacer los problemas conmigo.

Hoy he leído en el periódico una noticia que me ha dejado temblando:

Fallece Poch, líder del grupo Derribos Arias

El músico se retiró en los años noventa

DIEGO A. MANRIQUE. **Madrid**

Ignacio Gasca, conocido en el mundo de la música como Poch, falleció el pasado viernes en San Sebastián a los 42 años de edad, víctima de la enfermedad de Huntington, padecimiento degenerativo que le había alejado de los escenarios y los estudios de grabación. Poch rompió esquemas en el pop español con su trabajo en grupos como Derribos Arias y La Banda Sin Futuro, y sus no menos delirantes discos en solitario. Aunque no creó escuela, ha influido sobre los músicos de tendencias vanguardistas de las últimas generaciones del rock nacional.

Reproducción de *El País*, 21 de septiembre de 1998.

Claro que nunca vi actuar a Derribos Arias: yo debía de tener cinco o seis años cuando se deshicieron. Mi primo Ricardo, once años mayor, sí que fue una vez a un concierto suyo. Dice que ése y el de U2 en Barcelona han sido los mejores a los que ha asistido en su vida. Hace unos años, cuando yo empezaba a comprar discos, me regaló «El chico más pálido de la playa de Gros».

–Toma, tú que eres fan de Siniestro Total, éste te va a gustar.

Era un homenaje y, efectivamente, mis admirados Siniestro eran, junto a Esclarecidos y Os Resentidos, uno de los grupos que interpretaba composiciones de Poch, que ya debía de estar bastante enfermo. Me gustó y le pedí a Ricardo que me grabase más discos suyos.

No sé por qué relaciono esta muerte con las demás cosas que me pasan últimamente. Todo sale mal. Yo no canto, pero podía formar parte de una banda sin futuro como la de Poch. Total, el futuro es más bien negro. Haré una carrera, supongo, pero de la universidad iré de cabeza al paro. Ricardo, que acabó la carrera con unas notas que yo nunca tendré, que habla inglés y francés y sabe un montón de informática, tuvo suerte y está de becario en una empresa durante seis meses. Si están contentos, puede que le renueven otros seis. Pero, sin aguardar tanto, el futuro inmediato que me espera en esta ciudad es morirme de asco. No quiero ir al instituto con este aspecto, no quiero, tengo miedo de encontrarme con esos mastuerzos que no conozco. Los mayores hablan del futuro como si fuese una tarta que está dispuesta para que la comamos:

–¡Quién tuviese todo el futuro por delante como tú! ¡No sabes la suerte que tienes!

Ése es mi tío Luis, el hermano de mi madre, que siempre está lamentándose de lo viejo que es –tiene treinta y ocho años, tampoco es que sea un anciano– y de lo afortunados que son los demás.

El futuro no es una tarta, sino mañana y pasado mañana, vivir aquí y no en nuestra casa de siempre, tener que ir al instituto. No sé qué otro futuro tendré por delante, pero éste no lo quiero.

Aquí está Poch, en la foto del periódico, con su pelo de punta y las gafas pegadas con esparadrapo, agarrando el micro como si fuese a comérselo. ¿Llevará un jamón debajo de la chupa como hacía a veces en las actuaciones? Recorto la foto y la sujeto con chinchetas en el corcho de mi habitación.

–Ya tengo bastantes desgracias –le digo bajito–. ¿Por qué has tenido que morirte?

–No me vengas con tus desgracias –dice él, sin separar la boca del micro–, cuando estás con vida. La muerte es lo único irreversible.

–Pareces mi padre.

Me pregunto si en los últimos tiempos, cuando estaba muy enfermo, dejaría que le hiciesen fotos o si huiría, como yo, de la cámara. No dice nada más. Será mejor que apague la luz.

2

Pelona

Miércoles, 23 de septiembre

Mañana empiezan las clases –dice mi madre.

A mí me suena como si dijese: «Mañana empiezan los trabajos forzados». ¿No hay remedio entonces?

–Pero ¿cómo voy a ir? –intento defenderme, aunque sé que a los dieciséis años no se le toman mucho en cuenta las opiniones a una persona.

–Pues con el pañuelo, claro. O con el gorro, lo que prefieras.

–Preferir, preferiría no ir.

–¡No empecemos con disparates! ¿Cómo no vas a ir? Es como si tu padre o yo dijésemos que preferiríamos no ir al trabajo...

–Cuando una está enferma no va a clase, ¿no? Falta y no pasa nada.

–Es que tú no estás enferma. –Y mi madre se va, dando por resuelta la cuestión.

Ya no estoy enferma, según ellos. Depende de lo que se entienda por estar enferma. No tengo una dolencia grave, una enfermedad degenerativa del sistema nervioso como la de Huntington que mató a Poch. Lo mío es una cosa de las que llaman insignificantes, para las que hay cura. Pero tiene consecuencias terribles. Por culpa de un eccema tuvieron que raparme el pelo al cero. Peor, porque para el tratamiento es necesaria la depilación completa; no puede quedar un solo cabello, por muy corto que sea. Y tengo que permanecer así, con la cabeza monda y lironda como un chupa-chups gigante, por lo menos hasta mediados de octubre, cuando finalice el tratamiento. Sólo después van a dejar que crezca el pelo. Para ir por la calle uso un gorro de ganchillo, pero ¡vaya idea, llevarlo al instituto! Eso únicamente se le puede ocurrir a una familia de sádicos como la mía, a una gente que no se preocupa en todo el día nada más que de las notas, sin darse cuenta de que hay otras cosas en la vida.

–Porque en la vida no todo son las notas, ¿verdad? –le pregunto a Poch, que me mira desde la pared. Se lo pregunto sin abrir la boca, claro.

–¿Quién es ése?

Inés, mi hermana pequeña, siempre anda husmeando entre las cosas que tengo en el cuarto.

–Un cantante –le digo.

–¿Un cantante? –se sorprende–. ¿Como Taboada?

Taboada es un compañero de trabajo de mi padre que no es demasiado formal. Mi padre está todo el día: «¡Ese Taboada es un cantante!».

–No, un cantante de verdad. Un músico. Murió la semana pasada.

–¿Por eso tienes su foto clavada? ¿Para no olvidarlo?

Inés debe de pensar que, cuando una persona se muere, los demás en seguida la olvidan. Puede que sea así. Todos lloramos mucho cuando se murió el abuelo, pero ahora nunca hablamos de él. A veces, incluso sin morir nos olvidamos de alguna gente, y tengo miedo de que ya no se acuerden de mí las amigas que tenía en el otro instituto.

–Lo tengo para olvidarme de que mañana empiezan las clases –le digo.

Pero no puedo olvidarlo porque, tal como está el panorama, si no ocurre un milagro, tendré que ir a clase. Lo único que he conseguido de mi madre, como una gran concesión, es empezar el lunes en vez de mañana. El primero y el segundo día, ya se sabe, no hacen más que revisar las listas, colocar a la gente en las aulas; los profesores se presentan, «esto es lo que haremos durante el curso, bla, bla, bla». Nada importante: ¡vamos, para que en mi casa decidan que puedo faltar dos días...! Pero el lunes, si no hay un terremoto (es poco probable, no estamos en Triacastela) o si no entramos en la Tercera Guerra Mundial, tendré que armarme de valor y enfrentarme a todas esas fieras que me están esperando.

Lunes, 28 de septiembre

Fui al instituto con la pañoleta calada hasta las cejas. Todos me miraban (por lo menos, eso me parecía) y no di pie con bola en todo el día.

–Si me preguntan, ¿qué digo?

–¿Decir? No tienes que decir nada –insiste mi madre–. No contestas y ya está.

Es un método recomendado en todos los manuales para trabar amistades cuando una llega a un instituto nuevo: erigir una barrera de silencio y no contestar a lo que te preguntan.

–¡Tienes que quitarte eso aquí dentro! –bisbisea la chica que se sienta a mi lado.

Yo, muda y con los labios apretados, muevo la cabeza negativamente. Como ven que el profesor –es la primera hora y estamos en clase de Lengua española– no me dice nada, acaban por callarse, aunque en cuanto tienen una oportunidad vuelven a la carga.

–¿Qué te pasa?

–¿Por qué llevas eso?

–Ya lo tengo –dice una pelirroja, con un pelo larguísimo, una melena espectacular de tonos rojos y dorados. La odio desde ese momento–. Se le cayó el pelo por culpa de la quimioterapia. ¿Has tenido cáncer, no?

No contesto, a ver si se olvida del asunto; ¡qué

más le dará si he tenido cáncer o no! Pero es cabezota.

–¿Entonces has pasado el tifus?

–¡Ni hablar! –me indigno–. No he tenido tifus.

–Pues algo parecido –remacha–, porque, si no, el pelo te abultaría por debajo de la pañoleta. Una vecina mía pasó el tifus y estuvo sin pelo más de un año. ¿Me lo dejas ver?

–¡No! –me niego aterrorizada.

Pero en ese momento –es la hora del recreo– pasan unos chicos de otro curso y uno la llama: «¡Lidia!». Así que se llama Lidia. Se encoge de hombros hacia mí y se va con ellos, aunque veo cómo gesticulan mirándome. Yo finjo que no existen, pero me llegan fragmentos de su conversación.

–Será musulmana –dice uno de los chicos–. Hay muchas ahora. No pueden quitarse el velo ese.

No sé por qué traje pan con chocolate para el recreo. Este chocolate está como amargo. Me da sed.

Todos los profesores deben de saberlo. Mamá se lo dijo al tutor y él se lo habrá cotilleado a los demás. No sé si prefiero que lo sepan o no. Por un lado, no tengo que dar explicaciones ni temer preguntas indiscretas. Por otro, me fastidia que anden hablando de mí y mis problemas. La de gimnasia ha venido a buscarme en el cambio de clase a penúltima hora.

–Carlota –dice con mucha seguridad, como si me conociese de toda la vida: ¡no soy difícil de localizar con este trapo en la cabeza!–, ¿puedes salir un momentito?

Fuera de la clase explica de forma un poco atropellada: ya ha hablado con el tutor y él está de acuerdo. No tengo que ir a gimnasia hasta enero, hasta que... Porque en clase a veces se hacen ejercicios violentos y podría caerse la... Y después están las duchas...

–A no ser, claro, que tú prefieras venir.

–No, no. Mejor no voy. –Estoy por decirle que, si de mí dependiera, no vendría a ninguna clase. Dan ganas de contarle cosas a esta mujer que debe de ser joven y todavía tiene granos–. Gracias –digo.

Y ella se va otra vez, apresurada.

En conjunto, creo que es lo único bueno que me ha ocurrido en todo el día.

3

El foso de los cocodrilos

Jueves, 1 de octubre

Lo peor, por muchas razones, es la hora del recreo. Para colmo, el instituto tiene jornada continuada, y tenemos, no uno, sino dos, uno a las diez y media y otro a las doce y media. Menos mal que no duran más que veinte minutos, pero así y todo es una tortura. Es como atravesar el foso de los cocodrilos por una tabla estrecha: mientras vas por la mitad no puedes saber si conseguirás llegar a la otra orilla. Cuento cada minuto que va pasando y parecen larguísimos. Durante ese tiempo no están atendiendo –o haciendo que atienden– a Matemáticas o Filosofía y puede caer una de las temidas preguntas en cualquier momento. El martes, mientras estaba despistada comiendo un bocata de jamón que había traído de casa, hubo alguien –desconfiaría de la imbécil de Lidia, pero no estaba tan cerca– que tiró de uno de los picos del pañuelo y tuve que sujetarlo con fuerza; a punto estuvo de caérseme el bocadillo. Cuando me di la vuelta no había nadie, y los que estaban a mi lado ponían cara de mosquitas muertas. Lidia era la que estaba más lejos, pero seguro que fue ella la instigadora, sacudiendo sus guedejas coloradas.

Nuestro tutor es el de Inglés. Es un pedante y un antipático. Lástima que no tenga de tutora a la de Gimnasia: seguro que no le diría a mamá que tres meses eran mucho tiempo, lo comprendería mejor. En el instituto le llaman Mister Bean, aunque supongo que él no lo sabe.

En clase intenta hablar sólo inglés, para desesperación de algunos que, como Lidia, dicen que no entienden nada. ¡Que se fastidien! Esta semana la ha dedicado a ejercicios de presentación: me llamo así y asao, vengo de tal o tal sitio. *I am Carlota. I come from Galicia.* No, a mí me ha tocado hacer como que venía de Suecia. Tiene un montón de mapas con los nombres en inglés y se mete en un lío explicándonos los meridianos y paralelos.

–Nosotros estamos en la hora GMT –dice (en inglés, claro)–. ¿Quién sabe lo que significan estas siglas?

–*Greenwich Mean Time* –dice Abel, que es muy sabelotodo y siempre tiene que intervenir.

Al oír esto, Mister Bean parece soliviantado.

–¿Quieres repetir eso?

–*Greenwich Mean Time* –repite Abel tan contento.

Yo me había dado cuenta de que la forma

en que Abel pronuncia esa palabra, «*Gríngüich*», no es muy ortodoxa. Bueno, por lo menos no es igual a la forma en que pronuncian los locutores de las cadenas que se cogen con la antena «paranoica».

–¿Cómo se pronuncia el nombre del meridiano? –pregunta Mister Bean otra vez.

–«*Grínidg*» –digo yo, casi sin querer.

–*Yes, Carlota, very good* –dice el profe.

Por un instante me mira con una cara como si estuviese a punto de decir: «Ya veis, esta chica, pelona y todo como está, y sabe pronunciar inglés». Afortunadamente, al fin se reprime. No tengo mucho mérito: es un poco por las clases de la academia, a la que iba dos tardes el año pasado, y sobre todo a fuerza de traducir letras de canciones.

–¡Pero tiene una uve doble! –protesta Abel–. ¿No es como *Washington*?

–Pues no señor, no es como *Washington* –dice Mister Bean, y parece contento de esas deformidades del inglés, como si fuese un mérito–. Hay que fijarse muy bien en la pronunciación de los nombres propios, que no siempre siguen las reglas.

Y con eso se queda tan ancho. Cuando dice una cosa así, no sé cómo Abel, o algún otro de los que tienen problemas, no se levanta y da un corte de mangas diciendo: «Pues entonces, ¡a la mierda con el inglés! Lo estudiaremos cuando tenga unas reglas un poquito más fijas». Yo es lo que haría.

No, qué iba a hacerlo, si ni siquiera soy capaz de plantarme en casa y decir: «No voy a clase, no quiero volver a cruzar el foso de los cocodrilos, no voy hasta que no me crezca el pelo».

Pero Mister Bean parece encantado con las dificultades del inglés, como una especie de brujo que posee en exclusiva los secretos y conoce los conjuros de un rito, de forma que nosotros tenemos que bailar al son que quiere, además sin saber cuál será el de mañana.

–Mañana –dice– vais a traer la letra de una canción en inglés que os guste. Sólo cuatro o seis versos, no hace falta que sea entera, y podéis traer también la cinta o el disco. Después traduciremos alguna en clase.

Viernes, 2 de octubre

¡Menos mal que se ha acabado la semana! Voy a tener que empezar a hacer marcas en una hoja del cuaderno, como esos prisioneros que cuentan los días que llevan en el calabozo. El instituto no será una cárcel, pero yo sueño con el recreo por las noches y estas pesadillas son peores que las que tenía de pequeña cuando creía que iba a venir el lobo y zamparme.

Hoy fui con el gorrito. ¡Qué remedio! Es mucho más seguro que la pañoleta. No puedo pasar el recreo acechando quién viene por detrás.

Lidia dedica los recreos a coquetear con unos chicos de otro curso. Son tres y da la impresión de que intenta ligar con los tres al mismo tiempo: unas veces pestañea para el más alto y luego, de repente, se vuelve para uno que tiene las orejas muy grandes y saca morrito, los labios para delante, en un gesto como si fuese a hacer un globo con el chicle de un momento a otro. Supongo que ella considera eso muy sexy. Probablemente a los chavales también les parece que Lidia es sexy. A mí no me importa que se dedique a ligar, pero no sé por qué tiene que demostrar todo el tiempo lo chistosa que es burlándose de mí.

A lo mejor la culpa es de la profe de Matemáticas. Es una rubia gordita, de esas que, como dice mi prima Ana, en un momento de su vida tuvo que tomar una decisión trascendental: pasar toda la vida a dieta o ser una gordita feliz. Bien, pues Irene, la de Matemáticas, decidió ser una gordita feliz (Ana no, Ana escogió la dieta y sufre como una mártir cuando nos juntamos en esas fiestas que en nuestra familia siempre consisten en una cuchipanda). Irene me pidió a mí que saliese al encerado para resolver un problema de geometría después de que Lidia se pelease con él más de diez minutos. Seguro que lo hizo con buena intención: «A esta chavala, que está como un pulpo en un garaje, vamos a darle la oportunidad de lucirse». Lo que ocurre es que la mejor forma de hacerse popular no es precisamente demostrar que se te dan las Matemáticas mejor que a los demás.

El de Inglés trae el equipo de música a clase para poner los discos y las cintas. La primera es Tere, una chica grandísima –debe de medir más de uno setenta– pero tan infantil como si tuviese diez años. Trae una de las Spice Girls (¡estamos perdidos!); la letra es tan ingeniosa como acostumbran: seguro que se exprimieron los sesos para escribirla. Vale que mi hermana, que está en primaria, baile como una posesa con las Spice Girls, pero ¡a los dieciséis años...! Se armó un follón de caray. Los zopencos que se sientan en las últimas filas pudieron reírse un rato largo.

Bernal, en cambio, tiene una de un grupo americano, Jane's Addiction:

Listen to the sounds
Of the gutters runnin'
Wash this dirty town
All fronts and no backs
Give me my time

Mister Bean pone la cinta y le pregunta a Bernal si sabe traducirlo. Bernal se encoge de hombros y dice que el final sí: «Dadme mi tiempo», y que *«Wash this dirty town»* cree que es algo como «Lavar esta cochina ciudad».

Los zopencos se ríen de nuevo. Hay gente que en cuanto oye una palabra como «cochino» o «culo» se parte de risa. Yo los llamo caca-culo-pis. Mister Bean dice que busquemos *gutter* en el diccionario y, casi sin darnos tiempo para hacerlo, explica que son las cañerías que llevan el agua de las alcantarillas. No me gusta demasiado el grupo; muy gritones. Pero, a continuación, Paulina, una morenita de gafas, trae una de *Nine Lives* de Aerosmith, uno de mis favoritos:

There's a cockroach in my coffee
There's a beetle in my arm
And I feel like New York City
Get me to the farm

Se ve que en clase hay más de un fan de Aerosmith porque en las últimas filas corean la canción; vuelvo la cabeza y veo que es Miguel, uno alto de coleta que se sienta también por atrás, pero creo que por razones de estatura, porque no hace rancho con los zopencos. Claro que cuando Paulina traduce las primeras líneas, eso de «hay una cucaracha en mi café / hay un escarabajo en mi brazo», aumenta el alboroto. No sé por qué ha escogido este corte. A mí me gusta más *Falling in Love*, pero no lo he traído porque, ya se sabe, si traes una cosa con ese título se arma un cachondeo que no veas. Igual Paulina pensó lo mismo.

Martiño tiene una de Elvis Presley, ¡menos mal! Creí que era yo la única que traía un disco viejo. Es un decir, que el mío de los Doors fue reeditado en CD el año pasado. La suya es *Blue suede shoes*. Con un poco de suerte ya no dará tiempo para ninguna más. Pero no hay suerte.

–¿Y tú, Carlota? –pregunta Mister Bean.

Sólo queda tiempo para una y tengo que ser yo.

–Es del disco *Strange Days*, de los Doors –digo. Voy a donde está él y le doy el CD.

–El último corte –le digo–. Es bastante largo, no hace falta ponerlo entero.

En realidad, él puede ver en la contraportada que dura once minutos. Mientras suena, escribo en la pizarra:

When the music's over
Turn out the light
Turn out the light...

Todavía estoy acabando de escribirlo y Abel dice:

–Será *turn off*, si es apagar...

–Se dice también *turn out* –dice Mister Bean–. Escucha el disco, Abel, y después veremos si hay que enmendarle la plana a Jim Morrison.

Me sorprende que Mister Bean sepa que Morrison era el líder de los Doors, pero claro, este disco es de su época.

–¿Sabes traducirlo, Carlota?

–Cuando acabe la música, apaga la luz... –digo yo.

En ese momento, Toño, uno de los zopencos, dice a media voz:

–Es que si la ve sin gorro, le mete miedo...

Mister Bean no lo oye, atendiendo como está a la música y con los altavoces encima de su mesa. Yo sí, y me pongo encarnada hasta las cejas (las cejas no están depiladas).

Y en el mismo momento, Miguel le grita a Toño.

–¡Cállate, *gilipollas*!

Esto sí que lo oye Mister Bean, y toda la clase.

–¡Miguel Seixo! –Mister Bean es de los que llaman por el apellido cuando se enfadan–. Pídele disculpas ahora mismo.

–Será él quien tiene que pedir disculpas –gruñe Miguel. Pero no explica nada más–. Puedo decírselo en inglés: *Shut up, asshole!*

Ahora es toda la clase la que se descuajaringa con la risa.

–Un dominio excelente del argot, pero ese lenguaje no es apropiado para clase. *Get out!* –dice Mister Bean en tono perentorio, señalando la puerta.

Pero ¿no va a decir nada este chaval? Se levanta y se larga por la puerta muy dignamente. A lo mejor soy yo quien tendría que dar explicaciones, pero tengo la lengua pegada al paladar. No repetiría las palabras de Toño aunque me sometiesen al tercer grado.

Acaba la clase, la última clase del último día de la semana. Pensaba salir a escape del instituto y estoy vagando por los pasillos en busca de Miguel para darle las gracias. Pero no está. ¿Para qué iba a esperar?

4
Tengo un agujero en el alma

Lunes, 5 de octubre

Hoy no he ido a clase. Cada quince días tengo que ir al hospital por culpa del tratamiento. Al principio me habían dicho que a mediados de octubre se acabaría y podría dejar crecer el pelo, pero a medida que se acerca el quince veo que los médicos andan con evasivas y parece que puede alargarse otras dos semanas; igual más, ¡no me fío! La enfermera quita con unas pinzas los cabellos que empiezan a salir. Duele, pero el daño es sobre todo por dentro: ¿cuándo podré quitarme el maldito gorro?

–Ya verás qué bonito va a ser cuando crezca... rizado –dice la enfermera–. Se riza con el tratamiento, ¿sabes? El año pasado tuvimos una niña rubia y parecía un angelito cuando le salió otra vez.

Se da cuenta de que no contesto y de que le dirijo una mirada asesina, y se calla. Ni de pequeña tenía yo pinta de angelito, y ahora, con esos rastrojos de pelos, a lo que más me parezco es a un erizo, como el cuento de Juan Erizo, que tenía que dormir detrás de la estufa porque con las púas no podía dormir en la cama.

–Juan, ¿qué quieres que te traiga del mercado?

–¿Qué ha pedido mi madre, papá?

–Un poco de carne y unas hogazas de pan.

–¿Y la criada?

–Unos zapatos blancos y medias de seda para ir al baile.

–Pues a mí tráeme una gaita, papá.

Siempre me sorprendía, cuando leía los cuentos de los hermanos Grimm de pequeña, que Juan Erizo pidiese una gaita. Nunca se oyó de gaitas en Alemania, ¿no? ¿Cómo podía pedir una gaita no siendo de Galicia?

–Yo no quiero carne, ni hogazas, y tampoco quiero zapatos blancos ni medias de seda. Ni siquiera una gaita. A mí tráeme mi pelo de vuelta. Me conformo con eso.

Rizado o tieso, me da lo mismo. Lo que yo quiero es mi pelo. Lo voy a dejar crecer largo, mucho más largo de lo que lo he tenido nunca, y será más bonito que el de Lidia porque el mío es castaño con reflejos dorados, y no de color panocha como el de ella. Iré a bailar a una discoteca –sólo he ido a bailar un par de veces en mi vida, pero esperaba poder hacerlo este año–, y sacudiré la melena por delante de la cara al son de esa música de Aerosmith.

Take a walk outside your mind
There's a hole in my soul

Es cierto: un agujero en el alma, un agujero por donde se escapan los días alegres del verano, la despreocupación. Y también por el agujero entran cosas de fuera, un desasosiego, una soledad, un miedo a los demás, un terror a los espejos. Para ir a la disco necesito tener pelo. Alma agujereada o no, ¡quién va a querer bailar conmigo llevando gorro?

–¿Hoy es el último día? –pregunto.

–Veremos –dice la enfermera.

«Veremos.» De ahí no hay quien la saque. No pueden saberlo, dice mi padre, hasta que no hagan los análisis. «No seas impaciente.» ¿Impaciente yo? Total, ¿qué son dos o tres meses sin cabello? ¿Qué son cinco días de la semana, todas las semanas del mes, aguantando las risitas, las preguntas, las miradas de reojo? ¿Y cuando están hablando y se callan al llegar yo? Ahí querría verlos, a los mayores. La abuela es la única que me comprende algo.

–¿Quieres ir al cine? –pregunta, dándome mil pelas–. Echan una de los Coen en versión original en los minicines al lado de casa. Todavía no tendrás demasiado que estudiar, supongo.

Voy a ver *Fargo*, y me olvido del instituto durante hora y media. Pero mañana no hay cine ni hospital ni garambainas. Mañana, a empezar todo otra vez.

Mister Bean, nuestro tutor, nos ha pedido una foto a cada uno para fotocopiarla y dársela a los demás profes. Yo estuve haciéndome la remolona toda la semana pasada con la excusa de que no había ido a clase los dos primeros días, pero hoy no he tenido más remedio que traerla.

–Carlota –dice, poniendo una expresión de santo Job que es inaguantable–. ¿Cuándo tendrás a bien traerme la foto?

Me levanto con la foto en la mano. Podría cortarse el silencio de la clase con un cuchillo. Apuesto a que más de uno daría algo por ver si es una foto «normal» o con el gorrito. Los de las primeras filas estiran el pescuezo, pero no pueden verla porque la dejo sobre la mesa del profesor, que está más alta. Después vuelvo a mi sitio sin mirar hacia los lados, como si no me diese cuenta de que todas las miradas de la clase están clavadas en mí. No soy tonta. Tengo fotos del año pasado y una de ésas es la que acabo de darle a Mister Bean. ¿O qué creían, que le iba a dar una con el gorro?

Este tío es imbécil. Uno de los primeros capítulos del libro de Inglés está dedicado a personajes de cómic americanos e ingleses. Hay pedazos de Peanuts, Daredevil, los Simpson y de otros más antiguos como Superman y Popeye. Leemos los diálogos y él explica cosas de los personajes y comenta algunas traducciones de los nombres. Desde que vi la tira de Popeye empecé con la mosca detrás de la oreja. Digo yo que él podría tener algo más de sensibilidad, pero es como esperar sentimientos de una bombona de butano. ¿Pues no va y empieza a traducir los de Popeye? Que si a la novia en vez de Oliva le pusieron Rosario, que si al niño le llaman Cocoliso...

–¡Cocoliso! –repite la voz aguda de Lidia.

Nada más, pero basta para que se arme el gran follón en clase: aúllan los zopencos, por lo bajo se oye la risa de Lidia y el profe, como si no se cayese del guindo hasta ese momento.

Yo finjo que no me doy cuenta, que el alboroto no va conmigo. Total, ¿qué voy a hacer? ¿Liarme a tortas con toda la clase?

Ayer, en el primer recreo, fui a buscar a Miguel para darle las gracias y no estaba solo, así que no le dije nada. Hoy, saliendo de clase a las diez y media, allí está, recostado en la pared del pasillo como si estuviera aguantándola, mordisqueando un bocata enorme.

–Quería darte las gracias –digo, y, como no sé qué más decir, me quedo atontolinada delante de él.

Primero parece que no va a responder. Tiene la boca llena y, cuando consigue vaciarla a medias, gruñe secamente algo como:

–Mmmf... nada –¡qué alto es este chico!; tengo que mirarlo desde abajo como si fuese una pulga.

–Cargaste con una por mi culpa –insisto.

No sé cómo transmitirle lo importante que fue para mí lo que hizo.

–Pues sí. No voy de acusica. A no ser que alguien le cuente lo que pasó, iré de cráneo.

Me quedo pegada. No me atrevo a explicarle que no sería capaz de repetir las palabras de Toño ante Mister Bean ni ante ninguna otra persona. Por otro lado, él, muy digno, no quiere ir de acusica, pero parece sugerir que soy yo quien tiene que irle a Mister Bean con el cuento.

–¿Tú crees que se lo debería contar yo? –pregunto, por fin. Estoy desconcertada y me gustaría saber qué opina.

–Tú sabrás lo que tienes que hacer. No te lo voy a decir yo. –Y dando por terminada la conversación, se da la vuelta y se va para otro lado.

¡La hemos hecho buena! El único que parecía defenderme. Paso todo el día fastidiada con esta situación tan injusta. No es culpa mía que Toño dijese lo que dijo. ¿Tengo que ser yo quien le vaya con el cuento al profe? No sé qué hacer.

¡Ay Poch, Poch! ¿Tú crees que es justo que me llamen Cocoliso? Yo no aspiro a ser una *top model*, me conformaría con ser una chica normal, me bastaría con poder confundirme en el montón, ser una más entre un grupito de amigas, una de esas bandas sin futuro. Dime algo. Me resulta difícil saber lo que piensas porque esas gafas reflejan y no te puedo ver los ojos.

Jueves, 8 de octubre

Por la mañana sólo hemos tenido las dos primeras clases y después vamos a un concierto al Auditorio. Hay un tipo, un *no sé qué* del Ayuntamiento, muy relamido, a la entrada. Nos explica que es un gran esfuerzo el que están haciendo con estos conciertos didácticos, para acercar la música a los jóvenes; que también necesitamos educar nuestra sensibilidad estética. A su lado hay una chica, esperando a que acabe con el sermón para repartirnos unos programas. Lleva una falda corta, parece como si toda su ropa fuese una talla menos de la que le corresponde. Detrás de mí, dos energúmenos de otro curso comentan cada frase del relamido.

–¡Acercar! Lo que tendría que acercarnos es esa moza para ver si las tetas son de verdad o *wonderbra*...

–Así vería si tenemos sensibilidad en los dedos...

Cuando termina de hablar, dice que nos estemos quietos un momento, que el fotógrafo del Ayuntamiento va a hacernos una foto. Yo estoy en la primera fila. Va pasando para la última a algunos de los más altos y da dos pasos atrás para contemplar el efecto. De repente se acerca a mí y, cogiéndome de la mano, me aparta para un lado, mientras le hace un gesto al fotógrafo para que dispare. Supongo que su delicada sensibilidad estética no le permite aguantar la visión del gorro negro entre los sedosos cabellos rubios y castaños de mis compañeras. Ni siquiera se disculpa. Yo noto las lágrimas queriendo subir a los ojos, pero en ese momento veo como Lidia se ríe, tapándose la boca, y me las trago. Preferiría caerme muerta antes que llorar delante de esos chicos arrogantes y antipáticos que escriben con faltas de ortografía, de las niñas que sólo andan pendientes de si los pantalones se llevan anchos o estrechos, los zapatos bajos o de plataforma. Intento consolarme pensando que dentro de un par de meses yo tendré pelo pero ellos seguirán siendo unos ceporros.

¿Qué me pasa? Hace dos semanas estuve echando mano a las fotos por toda la casa para que no quedasen testigos de mi pelo rapado y ahora cojo este rebote por no salir en la foto. Me indigna que me traten de distinta forma que a los demás, pero intento convencerme a mí misma de que ha sido lo mejor que pudo pasar: no quedará constancia de que hubo un tiempo en que fui a clase con un gorro en la cabeza. A pesar de eso, me estropean el concierto y me paso todo el quinteto para clarinete de Mozart soñando despierta con una versión actualizada de Sansón y Dalila: Lidia está sentada en una silla como de peluquería, pero con las manos atadas, y yo le corto el pelo al cero con una máquina de afeitar. Es como hacer surcos con una cortadora. Al final tiene un aspecto horrible, desmochada y con todas esas pecas. Cojo una escoba para barrer la pelambrera zanahoria y la tiro al cubo de la basura, con las mondas de patata y las borras de café. ¡Sensibilidad!

5

Anudando el pañuelo

Lunes, 12 de octubre

Está nevando! Hay una luz distinta que antes de mirar por la ventana, indica que está ocurriendo algo fuera. Parece una luz de cuento, como si en la calle hubiese trineos para llevarnos hacia el Ártico. En realidad, la nieve cuajada en el suelo es muy poca. Salgo con Inés, mi hermana, para ver si podemos hacer un muñeco de nieve o, por lo menos, por lo menos, unas bolas. Mamá dice que tengamos cuidado con el hielo.

–A ver si vais a resbalar y romperos una pierna.

Igual no estaba mal romperse una pierna, pienso yo; un par de semanas sin ir a clase. La abuela se mete con ella.

–Estaría bueno que, para un día que nieva, no salieran. Total, mejor romperse una pierna por culpa de la nieve que estropearse la espalda con esas mochilas llenas de librotes.

Entonces papá dice que va él con nosotras, que quiere comprar unos pasteles de postre. Todas decimos que no tiene que dar excusas si le apetece jugar con la nieve, pero que de paso podemos acercarnos a comprar unos cuantos pasteles.

–¡Bocaditos de nata! –pide mamá.

–Veremos –dice papá. No pone los ojos en blanco delante de la nata.

Hay mucha gente con gorros por la calle, hoy es normal. Nieve, poca; sólo en el parque hay suficiente para hacer unas bolas y tirárnoslas entre nosotros. Casi consigo olvidarme del gorro, lo que sucede pocas veces. Yendo hacia la pastelería nos cruzamos con la gente que sale de misa de doce. Entre ellos, una visión que no resulta muy frecuente: tres curas ¡con sotana! Mira que en esta ciudad hay curas, pero la mayoría andan de paisano o, todo lo más, con el alzacuellos.

–¿Tienes un pañuelo? –pregunta Inés–. ¡Rápido!

La abuela nos contó una vez que, cuando se veían tres curas juntos con sotana, había que hacer tres nudos en un pañuelo sin perderlos de vista y pedir un deseo. El pañuelo que llevo es pequeño y me cuesta hacer tres nudos, pero no me atrevo a pedirle el suyo a mi padre. Igual no vale con el pañuelo de otro. Inés sólo lleva kleenex. El deseo, en cambio, no tuve ni que pensarlo: me viene solo a la mente y no tiene propiamente formulación verbal. Sólo quiero algo que le haga daño a Lidia, mucho daño.

Al llegar a la pastelería nos damos cuenta de que hemos cometido un error. Está hasta los topes de gente. Pudimos haber encargado los pasteles antes de ir al parque, pero ahora no tiene remedio.

–Mitad de nata y mitad de crema –dice papá mientras esperamos nuestro turno.

Pero la elección es imposible, porque cuando nos llega la vez no quedan pasteles de nata. Papá, en el fondo, está encantado, aunque nos pide que le contemos a mamá que no fue culpa suya.

Martes, 13 de octubre

Ha pasado una cosa hoy en la que no quiero ni pensar.

Faltan dos chicas ya desde la primera clase; pero, como estamos haciendo problemas de Matemáticas, cada uno preocupado con su cuaderno, no me doy cuenta de quiénes son hasta que acaba la clase: Lidia e Isabel Castro. La segunda clase es la de Biología, y Elvira, la profe, se retrasa. Llega más de diez minutos tarde, con la boca apretada, y dice.

–Tengo que deciros una cosa, antes de empezar la clase.

El tono es tan raro que se hace un silencio total.

–Es una mala noticia. Parece que hay cerca de veinte personas enfermas en la ciudad a causa de una intoxicación. Entre ellas están tres alumnos del centro: Antonio Rodríguez, de primero, Lidia Conde e Isabel Castro. Un hermano pequeño de Isabel ha muerto esta noche.

En el recreo algunos dicen que la intoxicación ha sido por marisco, en un restaurante, pero no sé quién dice que fueron pasteles.

A mediodía, en casa, oigo la noticia en la radio. Dos personas han muerto y, de las que están ingresadas, hay cuatro en estado grave, aunque no dan los nombres. Fueron los bocaditos de nata. Hay una investigación abierta sobre la pastelería. Es posible que la cierren.

Cuando estudiaba primaria, en el colegio, había una profesora que nos contaba historias de la Biblia, tanto a los que tenían clase de religión como a los que no. Recuerdo una de la matanza de los Inocentes. Herodes había mandado asesinar a cientos de niños para librarse –así lo creía él– del que constituía una amenaza. No puedo quitarme esa historia de la cabeza. ¿Y si Lidia se muere?

–Yo no quería matarla, Poch. ¿Me crees?

–Éste no es un buen sitio, Carlota –dice, y me parece que tiene los ojos tristes, aunque casi no se le ven, detrás de las gafas que tienen esos cristales brillantes–. Hay mucho polvo y no deja ver las cosas con claridad. Yo también me estoy volviendo polvoriento.

Jueves, 15 de octubre

Se ha muerto una persona más, pero Lidia está fuera de peligro. No duermo bien, estos días.

–¿Qué pasa, nena? –pregunta la abuela–. Estás mustia. ¿Algún problema con las clases?

La abuela tiene una intuición especial para detectar los líos. De repente me encuentro contándole todo. Empezando por las cosas que pasaron en el instituto. Es una historia atropellada, que empieza con los curas y la nieve y da saltos para atrás, recordando la risa de Lidia o al relamido del concierto.

–Ahora, además de pelona, soy mala, abuela. ¿Cómo pude hacer eso? Murieron tres personas.

Ella me abraza, acunándome como si fuese una niña.

–Carlota, eso de los pañuelos anudados son paparruchas. Tú no tienes la culpa de que en ese horno empleasen nata en mal estado. ¡Sólo faltaría! No hay que hacer caso de las supersticiones. Yo os lo conté de broma, y mira la que he armado.

Se queda callada un momento y después continúa en otro tono.

–Pero no es bueno desearle mal a nadie. Tu odio no puede hacerle mal a Lidia, no puedes envenenarla con un deseo, pero sí te hace mal a ti misma. Es como vomitar la propia bilis: queda un sabor tan amargo... Tienes que olvidarte de esas pequeñas ruindades que te hacen. Total, en unas pocas semanas tendrás pelo otra vez. Ya sé que estás pasando unos días difíciles, pero la vida es así.

Desde que se lo cuento a la abuela estoy más tranquila; también, porque sé que Isabel volverá a clase la semana que viene y que Lidia no se va a morir. La madre de Moncho, un chico de clase, es enfermera y la fue a ver. Le ha contado a Moncho que está toda llena de tubos, como durmiendo. Y que le cortaron el pelo; no al cero, pero casi.

6

Los pájaros son ratas

Lunes, 19 de octubre

Hoy he ido otra vez al hospital y me han dado los resultados de los últimos análisis. Dos semanas más.

«¿Y después?», le pregunto a mi padre. «Después, seguramente...», dice él. ¡Seguramente, seguramente! No es él quien tiene que ir al instituto con la cabeza pelona.

–No te sulfures –dice mi padre–, pone que está casi bien, pero que tienen que asegurarse; dos semanas más de tratamiento y...

No espero a que acabe. Me largo para mi cuarto y cierro con un portazo tremendo.

Los pasos de mi madre en el pasillo.

–Carlota –dice en un tono bajo pero que esconde tormenta (nos conocemos)–, abre.

Yo ni abro ni contesto.

–Deja de compadecerte a ti misma –dice ella. Y se va.

Estoy desalentada porque lleva una parte de razón. Ya sé que hay desgracias peores que la mía: niñas que pasan hambre, refugiados que no tienen dónde vivir... Pero es igual. No puedo evitar sulfurarme. Sobre todo, cuando mi padre dice: «No te sulfures». Él cree que basta con advertirle a una que no se sulfure. Típico de mi padre, decir lo que tenemos que hacer pero no explicarnos cómo. ¿Tiene la receta para no sulfurarse? Claro que no; si la tuviese, no se pondría como se pone algunas veces con las notas de Inés. La abuela dice siempre que para no quemar la sartén lo mejor es no ponerla al fuego. Causas y efectos, que diría la de Ciencias cuando se pone filosófica. ¡No te quemes, sartén! Pues, si no queréis que me queme, quitadme del fuego.

Quemada, así estoy yo. Negra. Y, bien mirado, todo en esta ciudad es negro o gris. Gris sucio ese horrible edificio de enfrente, el único que veo cuando abro la ventana. Desde la ventana de mi cuarto en mi casa, la que fue siempre mi casa hasta este año, se veía el mar, entraba la luz del mar y muchos días olía a mar. Y entre la ventana y el mar, los rosales de la terraza, rojos y blancos, unas currucas a pintas que venían a picotear las migas del mantel y un mirlo regordete que a veces ahuyentaba a las currucas; los pulgones verdes de las rosas, y las mariquitas rojas que se los zampaban. Por aquella ventana entraban todos los colores. Sólo el mar –cambiante cada día: de gris a verde, de verde a azul; unos días, oscuro como barriga de pez o de acorazado; otros transparente como las telarañas– poseía más colores de los que yo podía nombrar. Pero aquí, cuando un día sacudía las migas del mantel por la ventana del patio, me cayó una bronca de la vecina del primero.

–¡Nena! ¿Qué haces? ¿No te ha dicho tu madre que tires eso dentro de casa?

–No me lo ha dicho, no. También hay que darle una oportunidad a los pájaros, ¿sabe?

–¡Qué pájaros ni pájaros! Aquí, el único pájaro que viene, si hay resto de comida, son las ratas. ¡Como vuelvas a hacer eso, se lo diré al presidente de la comunidad!

De forma que los pájaros de esta ciudad son ratas, según dice la vecina del primero. Debe de ser verdad, porque también las palomas que hay en una de las plazas son grises, y, desde que la del primero me dijo eso, cuando las miro me parecen ratas. Por otra parte, ¿cómo iban a ser de otro color, si el cielo está gris la mayor parte de los días? Llueve una lluvia gris que deja impregnadas todas las cosas de ese color.

En septiembre, antes de empezar el instituto, pasé casi un mes pintando frenéticamente con la caja de acuarelas que me había regalado la abuela hace años. Es una caja de verdad, de veinticuatro colores, con tubitos pequeños que llevan el nombre de cada color escrito en varios idiomas, donde aprendí que *elfenbein* es un amarillo pálido y no una raza de elfos, que no es lo mismo carmín que escarlata, que el *Indian red* y el *Venetian red* quedan rojizos en el papel aunque en el tubo parezcan marrones. El ocre quemado es uno de mis favoritos: el color de mi pelo... ¡cuando tenía pelo! También sé que para pintar el mar de aquí (quiero decir, el de allí, que aquí no hay mar) poco valen los ultramarinos, cobaltos o prusias si no se mezclan con un poco de verde o de gris. El blanco más blanco se llama blanco de China, *bianco da Cina*, no sé por qué. Cuando la abuela me regaló la caja, no entendía por qué venía un tubo de color blanco. ¡Total, blanco ya es el papel!, decía yo. Si quiero que algo quede blanco, con no pintarlo ya está. Me parecía una estafa que me hacían los de Faber-Castell para ahorrar un color. Más tarde aprendí algunas cosas para las que servía el blanco, pero sentir que era necesario quizá no lo sentía hasta septiembre. Si tuviese un tubo de blanco de China tan grande como un camión de basura, pintaría de blanco la casa de enfrente y, sobre todo, la luz polvorienta que entra a duras penas por la ventana. Como no lo tengo, pinto barcos en un bloc de dibujo, dornas blancas y negras en un mar azul, lanchas de relinga encarnadas en un mar verde, barcos de piratas como los de las películas, balleneros de los que salían a cazar a Moby Dick. Pero, como este lugar chupa todos los colores, cuando llevan un tiempo pegados en la pared, al lado del corcho presidido ahora por la foto de Poch, me parece que se van marchitando y volviéndose grises también.

Martes, 20 de octubre

La pasada noche tuve una pesadilla. Soñé que estaba acostada sobre la cama con la cabeza rapada y los cabellos cortados alrededor como si fuese el halo de un santo de iglesia. No me podía mover, estaba como crucificada a la cama. Mis padres pasaban a mi lado y decían:

–Muy bien, muy bien; dos años más y ya no necesitarás el pelo.

Desperté aterrorizada.

Me he acordado durante todo el día y me estremecía, a pesar de que intento razonarlo. Total, rapado ya lo tengo. ¿Qué más pueden hacer?

Hoy el episodio de Corina era una historia de pelos cortados. No sé por qué, desde que estoy pelona parece que hay rapado de cabello por todas partes. ¡Qué chungo! A lo mejor antes también los había y no me llamaban la atención. Corina aparecía con el pelo rapado; no del todo como lo tengo yo, no con el cráneo mondo y lirondo, sino al uno o al dos y teñido de naranja. Sonaban muchas risas grabadas, pero en mi familia nadie se atrevía a reírse; es un tema espinoso como las púas de Juan Erizo. Tabú, eso es la cuestión del pelo a este lado de la tele. Del otro lado, los padres de Corina indignados: «¡Cómo has hecho eso! ¡Estás horrorosa!», decía la madre. Más risas en aquel lado, y, en éste, todos con cara de póker. Claro que estoy horrorosa, contestaba yo mentalmente. Corina no estaba exactamente fea, más bien graciosa; pero claro, ella (la actriz, quiero decir) es una tía preciosa de ojos enormes y rasgos perfectos que está guapa de cualquier forma, con el pelo largo o corto, vestida de fiesta o vestida de buzo. Ella contestaba: «Así se ven mejor los pendientes», enseñando sus orejas, cada una con una fila de tres agujeros y sus correspondientes aros. El corte de pelo daba lugar a una tremenda discusión de Corina con sus padres sobre lo que es femenino y lo que no lo es. Paradójico, que en ese lado de la tele sean los padres de Corina quienes defienden el pelo largo, mientras que, de este lado, mis padres se empeñan en fingir que no tiene importancia andar por ahí sin cabello. Por supuesto que no lo creen, pero están convencidos de que deben representar su papel. ¡Había de ser yo quien decidiese cortar el pelo y ya veríamos la que montaban!

¿Por qué hay tanta gente que pasa la mayor parte del tiempo representando un papel? Un par de veces al año convidan a comer en casa al jefe de mi padre, un individuo presuntuoso que le cae fatal y del que (cuando no está delante) echa pestes, imitando su forma de hablar con los ojos entornados:

–Couceiro –el jefe llama a mi padre siempre por el apellido–, ya sabe que yo pongo, por encima de *toda* –subrayado– otra consideración, los intereses de la empresa.

A mi madre tampoco le gusta la mujer del jefe: siempre muy puesta, vestida como un figurín, y con tres kilos de maquillaje y las manos llenas de pulseras que tintinean cuando las mueve, lo que hace continuamente, como si tuviese un tic nervioso. Para colmo, según dicen en casa, no entienden nada de gastronomía ni de vinos:

–¡Qué lenguado más exquisito! –alabó una vez la mujer un pescado que mi madre había preparado al horno.

Y nadie se atrevió a decirle que no era lenguado sino rodaballo. Pero, si tan atravesados los tienen, ¿por qué los traen? Se lo pregunté una vez, y a mi padre le pareció fatal. «Son normas de cortesía», dijo. «Cortesía es no sacarle la lengua –contesté yo–, pero ¿hay que invitarlos a cenar?» Ante razonamientos lógicos como éste sólo tienen una respuesta: «Cuando seas mayor, ya te darás cuenta». Pues no, señor, yo no quiero ser mayor si hay que estar la mitad del tiempo fingiendo que no hay placer comparable a una velada con esos tontucios. Aunque no es cierto que para ser adulto haya que fingir, porque la abuela no finge y hasta un día que esos dos venían a cenar se hizo humo y se fue al cine. ¡Si yo pudiese hacer lo mismo!

–¿Tú finges, Poch? Me parece que no, a pesar de que ahora sé que tenías cuarenta y dos años al morirte, hace un mes. Creía que eras más joven, quizá porque tus letras parecen sinceras, como las cosas que suelta la abuela.

Me mira, pero sigue mudo. Hoy estoy un poco rebotada, y, ahora que lo pienso, puede ser más contra los padres del sueño y no contra los míos. Me enfadé toda al escuchar eso de que ya no iba a necesitar el pelo. ¿Cómo no voy a necesitar el pelo? Lo necesito para volver a ser yo, para no andar escapada por el instituto, para hacer amigos y no ir por ahí sin perrito que me ladre. No soy una mártir, ni tampoco voy de modernaza como Corina. Lo único que quiero es recuperar mi pelo. Parece simple, ¿no?

7
De charla con Mister Bean

Jueves, 22 de octubre

Hoy he hecho una cosa de la que no me creía capaz. Teníamos hora de tutoría con Mister Bean y él siempre nos sermonea un poquito a todos y después dice que se queda allí para hablar con los que tengan algo que decirle. Yo llevaba un par de semanas dándole vueltas a la historia de las canciones y el comentario de Toño. La verdad es que Miguel tenía algún motivo para estar rebotado, y que no era adecuado que acusase a otro para defenderse. Es mejor resolverlo antes de que llegue el tiempo de las evaluaciones, no vaya a llevar una mala nota por aquello. De forma que me quedo sentada a la mesa, haciendo perfiles topográficos en la libreta de Biología y Geología, mientras él atiende a otros dos, Carlos y Nacho, que reclaman por un lío de dibujos entregados a destiempo.

–Carlota, ¿quieres algo?

–Espero, no tengo prisa.

Aquellos dos no se van ni a tiros. Nacho tiene más cuento que Calleja, que diría mi abuela (la verdad es que yo no tengo ni idea de quién era ese tal Calleja, ni por qué tenía tanto cuento), y vuelve a insistir una y otra vez.

–Pero ¿qué día era el último para entregar los dibujos? –pregunta Mister Bean por vez número cincuenta.

–El viernes pasado, pero, total, ¡los entregamos el lunes!: ¡un día de nada! ¿Qué más le da?

–Hablaré con ella –dice Mister Bean–, pero no es cuestión de que le dé igual o no. Las normas son las mismas para todos y, si vosotros entregáis más tarde, dejáis a vuestros compañeros en inferioridad de condiciones. Todo el mundo preferiría tener el fin de semana para acabar el trabajo; ¿os dais cuenta?

–A los compañeros no les importa, ¿verdad, Carlota? –dice Nacho volviéndose hacia mí.

La pregunta directa me coge por sorpresa. Yo estoy allí, a mi bola, se supone que no me doy cuenta de qué están hablando. Ganas me dan de contestarle: «¡Ah!, pero ¿sabes cómo me llamo?».

Porque, aún no hace muchos días, andando por un pasillo, oí cómo decía: «¡Ahí va Cocoliso!». Yo, claro, haciéndome la sorda. ¡Como no puedo liarme a tortas con tíos que me llevan la cabeza...!

–¿El qué? –pregunto, más que nada para ganar tiempo.

–Que entreguemos el trabajo un día después.

–¡No metas a los demás en esto! –dice Mister Bean.

Y yo, al mismo tiempo:

–Por mí, como si lo entregáis el mes que viene.

La verdad es que los líos que puedan tener con la de Dibujo me traen sin cuidado. Por fin se van y me quedo a solas con el de Inglés. No sé por dónde empezar. Lo mejor debe de ser zambullirse de cabeza, como en la piscina.

–Es por lo que pasó el día aquel que trajimos las letras de las canciones –y, como él pone cara de extrañeza, aclaro–. Cuando Miguel le llamó *asshole* a Toño.

–¡Ah, eso! –dice él.

–Fue por defenderme a mí. Es que Toño había dicho antes: «Si la ve sin gorro, le mete miedo».

Ya está, ya lo he dicho. Como dice la abuela, ha sido como vomitar bilis, queda un sabor amargo en la garganta. Después, me doy cuenta de que se puede interpretar de otra forma y añado atropelladamente:

–No te lo digo para que se le caiga el pelo a Toño –nada más usar esa expresión me doy cuenta de que tiene un doble sentido que no pretendía y noto que me estoy poniendo encarnada–; me fastidiaría que Miguel cargase con una bronca por mi culpa.

–Tú no tienes culpa de nada –dice Mister Bean, y su tono es casi, casi, cariñoso–. No te preocupes más, ya lo he entendido. De todas formas, no son expresiones para usar en clase...

–Pero cuando uno se enfada no piensa en eso –digo yo.

–Vale, Carlota, vale. No te preocupes, que no voy a suspender a Miguel porque diga un palabro. *I'm not a nerd.*

Abro la boca y la cierro. «O sea, que no es un carroza estrecho», me digo a mí misma mientras él me guiña un ojo; ¿o he imaginado eso? Fue tan rápido...

Viernes, 23 de octubre

Llueve, llueve y llueve sin parar. Cuenta la abuela que su padre, cuando ella era pequeña, se admiraba de la historia del diluvio y decía:

–Aquellos hombrecillos del diluvio, muy pequeñines debían de ser, porque llovió cuarenta días y se ahogaron. Aquí lleva lloviendo tres meses y todavía no se ha ahogado nadie.

Pues eso. Tres meses, no; pero diez días sí que lleva. No es fácil estar de buen humor cuando no puedes salir a la calle sin ponerte como una sopa. ¿Qué se puede hacer después de clase? Uno: preparar una clave de hojas de árboles que nos ha mandado hacer la de Biología para una salida; dos: leer una novela de Ruth Rendell. Para los árboles tenemos que localizar por lo menos seis distintos y ver si se les cae la hoja o no, y a cuál se le cae antes y a cuál después. Todo muy bonito y muy interesante, si no hubiera que salir a buscar árboles en medio del diluvio... Yo, la verdad, antes de este curso no distinguía un abedul de un olmo. Creo que los únicos que conocía debían de ser los robles y los pinos. En la aldea donde nació la abuela hay un endrino, una especie de ciruelo silvestre que, en vez de ciruelas, da unos frutos poco más grandes que las cerezas y un pelín ácidos. Mi padre los echa en aguardiente con azúcar y se pone de un color muy bonito. Él dice siempre que así es como se hace el pacharán, pero toda la familia lo mira con incredulidad. De todas formas no he podido localizar ningún endrino en esta ciudad, ni frutales como los de la huerta allá en la aldea. Resumiendo, tengo:

ABEDUL. Ya se le han caído casi todas las hojas; como mejor se distingue es porque tiene la corteza blanca (pero no sé si eso valdrá, ella dijo que hiciésemos una clave de *hojas*).

OLMO. Es muy grande, pero tiene la hojita pequeña; así de entrada me resulta difícil diferenciarla de la hoja del abedul. Pero el árbol es muy distinto. Ya se le han empezado a caer hojas, pero todavía le quedan algunas.

PINO. Las hojas son como agujas, totalmente diferentes de las demás. Éste tiene hoja perenne: ni se le ha caído ni se le va a caer.

ROBLE. También tiene hojas muy particulares, de borde ondulado. Es curioso, pero aún no se le ha caído casi ninguna.

Me faltan dos, pero hoy, con el día que hace, no pienso salir. No tengo que entregar el trabajo hasta el miércoles; voy a esperar, a ver si escampa durante el fin de semana.

Todo esto de darle vueltas a las hojas es para no deprimirme pensando en lo que me pasó hoy con Miguel. Voy a la hora del segundo recreo a donde él para contarle mi conversación con Mister Bean.

–Hola, Miguel, quería decirte que...

–Perdona, Carlota –me interrumpe–, ya sé que tienes muchos problemas, pero yo también tengo mis líos. Cada palo tiene que aguantar su vela.

Estoy a pique de responderle de malos modos: «Escucha, imbécil: no venía a hablar de mis problemas, sino de cómo te he solucionado uno a ti. Pero, si no puedes dedicarme unos segundos, vete a freír espárragos». Después de insultarlo mentalmente decido que es mejor callar la boca y marcharme. Si él prefiere comerse el tarro pensando que va a suspender inglés por sus hazañas como el Daredevil que salva a la pobre chica de los malhechores, pues que le aproveche.

–Tranqui, tío –digo únicamente–. Nos vemos. Chao.

¿Para eso he pasado yo el mal trago de contarle a Mister Bean las tonterías que va diciendo Toño? Hay algunos que se creen tan importantes que si vas a hablar con ellos sólo puede ser para pedirles auxilio. «¡Socorro, Miguel, ayúdame!

¡Ven, superhéroe, ven a arrearle a los zopencos!» Pero, si he ido sobreviviendo hasta ahora, ya se verá.

Las dos últimas clases cogí un rebote de miedo por culpa de ese tío. No me gusta que me peguen cortes. Cuando salía del instituto, me encontré con Nacho, que estaba parado en la puerta. Más tarde caí en la cuenta de que, por extraño que parezca, estaba esperándome.

–Oye, tía, que eres muy legal, ¿sabes?

–¿Cómo? –digo yo, desconcertada.

–Ayer, con Mister *Bin* –(Nacho es de los que tienen un cable cruzado con el inglés)–. Que estuviste bien. Después de lo que nos metemos contigo... Son bromas, no es por fastidiarte.

–Pero fastidiar, fastidian –digo yo. No me va el papel de víctima que sufre en silencio.

–A partir de ahora –promete él elevando la voz–, al que se meta contigo le parto los morros.

¿Ves, Poch, lo que son las cosas? Tanto recelar de los zopencos, y ahora que estaba vacante la plaza de mi superhéroe de cabecera, la va a ocupar uno de ellos.

–No me vengas con superhéroes –dice Poch indignado–. Son todos unos macarras. Intergalácticos, si quieres, pero macarras al fin y al cabo. Yo no puedo ir de superhéroe, ya ves, tullido como estoy, con este sistema nervioso que no pasaría ni la revisión de la ITV.

–Pero no son todos iguales –protesto yo–. Y Daredevil no es un macarra. Además, es ciego.

–¿Acaso los ciegos no pueden ser macarras? –pregunta él–. ¿Ya no te acuerdas de aquel que vivía debajo de vuestra casa hace unos años, que lo veías a veces vendiendo el cupón y después resultó que era dueño de una casa de putas?

Vaya con Poch. Al principio parecía tímido y ahora resulta que no tiene pelos en la lengua (si cuando digo yo que ahora hay pelos en todas partes...).

–¿Tú cómo lo sabes? –pregunto.

Y él, muy gallego (a pesar de haber nacido en San Sebastián), contesta con otra pregunta:

–¿Aún no te has dado cuenta de que yo sé todo lo que sabes tú?

Y, como he debido de mirarlo con cara de susto, añade:

–Sí, todo. Hasta eso que no quieres reconocer. Pero no te preocupes, que no se lo voy a contar a nadie.

–En todo caso, Daredevil no es un macarra –digo yo, cambiando rápidamente de conversación–. Y no se te ocurra decirle a Inés que el Zorro es un macarra. Está tragándose toda la serie antigua que echan los domingos en la tele, y no anda por la casa enmascarada de milagro.

–¿Y tú, Carlota? –(qué irónico es este tío)–.

¿Tú quieres ser una superheroína como Inés o preferirías tener un superhéroe que arreglase las cosas por ti?

–Es muy tarde –digo yo, como si no hubiese oído la pregunta–. Voy a apagar la luz.

8

Enamorarse de Jekyll o de Hyde

Domingo, 25 de octubre

Hay un ciclo de cine en versión original que organiza el Ayuntamiento: «Literatura y cine», o así. Voy a ver *Mary Reilly* de Stephen Frears con Paulina, la compañera de clase que también es fan de Aerosmith. ¡Qué bonita! Es la historia del doctor Jekyll y Mister Hyde a través de los ojos de Mary, la criada. Mary, Julia Roberts, que tiene unas terribles cicatrices en las muñecas y en las manos, debido a las palizas de su padre, se enamora de Jekyll, John Malkovich. Lola, la hermana de mi madre que da clase en la universidad y pasa casi todos los años unos meses trabajando en Londres, me contó que entrando una vez en una tienda en Chelsea a comprar el periódico casi tropieza con John Malkovich. Es más o menos de mi misma estatura, dijo, y ella no mide más de uno sesenta y cinco. Alto o no, en la película resulta tremendamente sensual, con esa voz baja, como si le hablase siempre al oído. Él le toca las cicatrices de las muñecas y ella se estremece y después sueña por la noche con él, que están juntos en la cama. Él también está enamorado de ella, pero se reprime (cuando es Jekyll) y sólo la besa cuando es Hyde.

–Es como si, a pesar de lo repulsivo que es Hyde –dice Paulina al salir–, Mary se sintiese también atraída por él.

–A mí también me parece que le gusta cuando la besa, aunque sólo se da a entender con miradas...

–Sí –dice Paulina–, es como subterráneo, como si ella misma se negase a admitirlo.

–Pero –digo yo– del que está enamorada es del otro, de Jekyll.

Así debe de ser enamorarse, temblar porque él, tu amor, acaricie tus muñecas con sólo un dedo. Y después besarse metiendo la lengua dentro. Nunca me he besado así con un chico. Lina, mi mejor amiga cuando iba al otro instituto, antes de mudarnos aquí, salía con chicos que tenían tres o cuatro años más que nosotras (también ella parecía de esa edad). El que más tiempo le duró fue Hugo, y yo fui siguiendo sus progresos con mucha atención. Me contaba cómo se besaban, cómo ella le mordisqueaba la lengua y cómo él un día chupó con tanta fuerza en su cuello que le dejó un moratón y tuvo que llevar un pañuelo casi una semana. Después comenzaron a tocarse de otra forma: él le acariciaba los pechos, primero por encima del jersey, después por debajo. Ahí se acabó la cosa, porque riñeron por culpa de un partido de fútbol (Lina no podía soportar que el fútbol fuese más absorbente que ella). En esa época, que parece que fue hace mucho tiempo pero en realidad es solamente el año pasado, yo andaba medio enamorada de Guillermo, el hermano de Nati, no porque fuese especialmente guapo –un tío delgado y moreno, tiene bonitas manos..., es lo más que puede decirse de él en lo físico– sino por lo bien que hablaba y porque escribía poemas, poemas sobre la ciudad, duros como letras de rock, poemas de amor –no para mí, la insignificante amiga de su hermana pequeña– que Nati me dejaba leer y yo copiaba a escondidas:

Déjame entrar en ti
bajo tu piel
como el arador de la sarna.
Soy una enfermedad.

Aráñame, prende en mi vientre
sarpullidos y ronchas,
anuda mis tripas
con las lombrices de la infancia.

–Enamorarse son las dos cosas, ¿no? –dice Paulina–. El chico que te gusta porque habla suave, con voz ronca; porque te pregunta, como hace Jekyll, por tus pesadillas. Y también la otra, la atracción física por Hyde.

–Pero sin la primera es difícil que haya la segunda; ¿o no?

–Para las chicas, puede ser –dice Paulina–. Para ellos creo que es distinto.

–¡Madre mía! –digo yo–, parecemos un debate en clase de Ética.

Nos da una risa boba. Aquí estamos, el primer día que salimos juntas, discutiendo de amor como si nos conociésemos de toda la vida.

–Y total –dice ella–, tampoco creas que hay tanta gente de la que te puedas enamorar.

–No, tampoco hay tantos –afirmo yo.

Pero no soy sincera. Porque aún estoy dolida por cómo me trató ese que yo creía mi Daredevil. Lo mejor que puedo hacer es olvidarlo. ¡Estoy yo como para conquistar chavales con estas pintas!

Hoy es el día del cine. Por la noche viene Ana, mi prima. Me pregunta qué vídeos tengo por ahí y nos decidimos por *La lista de Schindler*, que grabé a principios de mes. Nos aprovisionamos de bocatas y galletas, porque Ana está pasando de la dieta esta temporada, y nos instalamos delante de la tele dispuestas a sufrir tres horas zambullidas en guetos y campos de concentración. La peli es buena, e incluso siendo tan larga no se hace pesada. Yendo por la mitad, mientras están todavía en el primer campo, en el de Plaszow, empecé a pensar que las prisioneras parecían muy bien alimentadas y que a ninguna se le había caído el pelo, como en otra de nazis que había visto hace tiempo. Se me ocurre eso y, ¡zas!, como si Spielberg captara el mensaje, viene la escena en la que mandan el tren de las mujeres a Auschwitz y les cortan el pelo para meterlas en lo que parece un horno de gas. Se me ponen los pelos de punta (donde los tengo, claro). No puedo mirar eso. Es peor que la serie de Corina, porque aquello era de broma, pero aquí las mujeres miran aterrorizadas las tijeras. Entonces va Ana y, con la boca llena de galletas, dice:

–Pues todavía tienen mucho pelo para estar en un campo de concentración.

Inmediatamente se da cuenta de que ha metido la pata y pone la mano en la boca.

–Disculpa –dice.

No contesto. ¿Qué voy a decir? También lo había pensado yo y, por otra parte, es un tema del que no quiero hablar. Hablar no va a hacer crecer el pelo, y si no hablo de él es un poco como si el problema no existiera. Pero ella insiste.

–No deberías preocuparte tanto. Dentro de unos meses tendrás pelo otra vez. En cambio, yo seré una gorda toda la vida.

–No exageres –digo yo, obligada a contestar, pero haciendo como si no hubiese oído la primera parte–. Tampoco es que seas gorda. No eres delgada, pero no todos tenemos que ser iguales.

–¡Vale! No soy una gorda de circo, claro. No soy como aquella que vio Ricardo en Nueva York, que no podía pasar por la barrera giratoria del metro. Pero, en cuanto me descuido un poco, como este verano, engordo seis kilos. Y no me digas que no tenemos que ser iguales, porque...

Ana no acaba la frase, pero yo entiendo lo que ha dejado sin decir tan claramente como si lo hubiese dicho en alta voz: «ya podrías aplicarte el cuento, que vaya rebote tienes con lo del pelo».

9

A la caza del espermatozoide

Lunes, 26 de octubre

Elvira, la de Biología, siempre está inventando cosas: una salida que vamos a hacer para noviembre un día que haga buen tiempo, una exposición sobre la basura y el reciclaje que fuimos a ver el miércoles pasado, unos problemas que hay que resolver en el laboratorio...

–Tenéis que averiguar de qué es esa muestra que os he puesto en el microscopio. ¿Animal o vegetal?

Algunos protestan porque da pocas instrucciones; y, si le preguntamos: «¿Puede ser hoja de lirio?», responde con otra pregunta: «¿A ti qué te parece?». Además, siempre está con los porqués. Tienes que explicar por qué. A mí me gustan más estas sesiones de laboratorio, trabajando por nuestra cuenta y haciendo experimentos. Pero lo de esta semana es lo más original de todo.

Estamos con el tema de la reproducción, y el jueves pasado, después de discutir sobre la exposición de la basura, casi al final de la clase, va y nos dice:

–Los óvulos sólo podremos verlos en un vídeo, pero si hay alguien que pueda proporcionarme espermatozoides, los miraremos al microscopio el lunes que viene.

Lo pide con un tono tan normal como si sugiriese que alguien le trajera musgo o caracoles. Se hace un silencio de esos que, parece ser, aprovechan las moscas en las novelas para zumbar. Pero, como esto no es una novela y, por otra parte, las moscas han debido de ahogarse todas con la lluvia, no se oye nada. Ni siquiera, a los zopencos, que al empezar el tema andaban todo el día preguntando por lo bajo:

–Profe... Y de esto ¿cuándo hacemos prácticas?

–No hace falta que me lo digáis ahora –dice ella–. Basta con que el voluntario los lleve al seminario de Ciencias antes de la sesión de laboratorio del lunes.

–¿Y si no hay ningún voluntario? –pregunta Abel.

–Si no hay ningún voluntario, no pasa nada –contesta Elvira con el mismo tono ligero de antes–; veremos células de la mucosa bucal.

Se queda todo el mundo tan pegado que ni siquiera se les ocurre hacer los típicos chistes malos: que si nos van a ayudar las niñas, que si los míos valen mucho, y así. Sólo a Tere se le escapa una risita nerviosa.

Así que hoy, hasta la sesión de laboratorio, que es a última hora, hay un poco de suspense. Pero, naturalmente, vemos al microscopio espermatozoides y no células de la mucosa bucal. Son pequeños y andan culebreando por toda la preparación. No me extraña que las primeras veces que los vieron creyesen que eran bichejos con vida propia. Elvira pone una diapositiva, un dibujo del espermatozoide con un hombrecillo dentro.

–Ellos estaban seguros de que observaban a los hombrecitos –cuenta–. ¡Ya veis cómo a veces vemos, más que lo que hay, lo que queremos ver!

Aunque no dice en ningún momento el nombre del voluntario, Paulina, que comparte el microscopio conmigo, me cuenta que Nacho anda presumiendo de que ha sido él. Pero después, al salir, también oigo que Bernal le ha contado a no sé quién que era el donante. Quizá haya habido más de un voluntario.

Esta semana empieza con una bronca. Resulta que la de Dibujo quiere hacernos un examen (ella, que es muy fina, a veces lo llama «control») para la evaluación ¡el sábado! Según ella, es más «cómodo» porque, como necesita dos horas seguidas, así no le tiene que pedir la segunda hora a nadie.

–No os pongáis así –dice, cuando empezamos a protestar–. También es un sacrificio para mí venir el sábado.

Es el final de la clase y se va, dando por sentado que vamos a aceptarlo sin más ni más. La gente empieza a decirle a Manolo, el delegado, que no lo podemos consentir. Manolo no es muy echado para adelante, que digamos; tiene buen carácter y es más bien pastelero, intenta contentar a todo el mundo, lo que en este caso es difícil.

–Si Gracia se empeña en ponerlo el sábado, tendremos que aguantarnos –dice, poniendo cara de «ya sabéis, los profes, a mandar, y nosotros, a resignarnos».

–Si es tanto sacrificio para ella –dice Bernal–, por nosotros que no se moleste.

–¿Por qué tenemos que aguantarnos? –pregunta Paulina–. Si insiste en ponerlo el sábado, no venimos ninguno y ya está.

–¡Ah, sí! –replica Manolo–. Si fuese todo tan fácil... ¿Cómo puedes estar segura de que no va a venir nadie?

–¡Pues claro que no! –dice Carlos, y recuerdo que él y Nacho ya han tenido una discusión con la de Dibujo–. ¡No vamos a dejar que nos meen por encima! Yo, desde luego, no pienso hacer exámenes los sábados. ¡Era lo que faltaba!

–Primero deberíamos hablar con el tutor –dice

Pepa, una chica que habla poco, poniéndose roja–, decirle que no estamos dispuestos a pasar por ahí.

–Mirad que la de Dibujo tiene muy mala uva... –advierte Martiño–. No vaya a ser que por una tontería de un sábado nos coja manía y se dedique a suspender a media clase.

–Lo del sábado no es ninguna tontería –dice Miguel–. Hay un horario, y tenemos derecho a que nos lo respeten. Una profe no puede decidir por su cuenta que hace el examen cuando le apetece.

Llega Irene, la de Matemáticas, y tenemos que dejar la discusión para la hora del recreo.

No resulta fácil ponerse de acuerdo. Como siempre, intentamos hablar todos al mismo tiempo, y así no hay forma. Finalmente, Manolo consigue –a fuerza de gritar más que nadie– que se respete un turno de palabra.

–Yo he estado dándole vueltas –dice Miguel– y no creo que Gracia quiera venir el sábado. Es un truco para que nos pongamos en lo peor y, cuando intentemos negociar con ella, nos parezca estupenda la propuesta de venir una tarde de las que no tenemos clase.

–A mí, no me importa venir una tarde –dice Abel–. Desde luego, mejor una tarde que no el sábado.

–A mí, tampoco –dice Isabel.

Martiño y varios más dicen que, si es posible resolver el conflicto viniendo una tarde, no hay por qué protestar ni boicotear el examen.

–Vamos a ver –dice Miguel–, tenemos con ella el martes, ¿no?, que viene siendo la tarde que tenemos clase. Pues, como es la última hora, nos quedamos una más y ya está. No hay por qué venir otra tarde de las que tenemos libres. Hay gente que puede tener clases o cosas que hacer esos días.

–Si los niños de papá tienen clase de Inglés o de Hípica –dice Toño–, es su problema. A mí me da igual venir otra tarde, y un examen es un examen.

Está claro que, si Miguel dice blanco, Toño va a decir negro. Se la tiene jurada desde el famoso día de la música. Pero Miguel ni contesta.

–Lo que ocurre es que la de Dibujo no quiere usar una de sus horas de clase para el examen como hacen todos –interviene Paulina–, pero yo creo que tenemos derecho a hacerlo el martes y a no tener que venir otro día.

Manolo dice que lo más importante es mantenernos todos unidos. Votamos y gana la postura de Miguel por cinco votos: decirle que nos lo haga el martes aprovechando una de sus horas de clase.

–¿Y quién se lo va a decir? –pregunta Pepa.

–Se lo diré yo –Manolo se resigna–. ¡Qué remedio!

¿Te trataban así los profesores, Poch? ¿Pensaban que teniendo la sartén por el mango podían hacer lo que quisiesen sin contar con los alumnos?

–Había de todo –dice él–. Unos que eran auténticos trogloditas, desde luego, pero tuve algunos como Elvira, que realmente lo pasaban bien cuando aprendías.

10

El enemigo tras el espejo

Martes, 27 de octubre

De verdad que, desde que tengo el pelo cortado, parece que no hay otra cosa en todas las clases más que pelos de un tipo o de otro. Hoy, en clase de Gallego, leemos cantigas de amor y de amigo. Por cierto, que todos los cursos empezamos por cosas escritas hace tropecientos siglos y nunca llegamos a las de ahora. Pero, lo que estaba contando, después de leer algunas de mujeres que iban a lavar sus cabellos en la fontana fría, el profesor nos explica el significado erótico que tenía en las cantigas el cabello, sobre todo el cabello suelto, y que «estar en cabellos» significaba estar en cueros (él dijo desnuda), como en una cantiga de un tal Osoiro Anes:

que lh'oí, u a vi estar
en cabelos, dizend'un son.
Mal día non morrí entón[1]

1. «Que la oí, do la vi estar / en cabellos, diciendo un son. / Mal día no morí entonces.»

Pero no necesito yo estas lecciones de lírica medieval para saber que ningún chico me va a mirar dos veces mientras esté pelona. Hay que ver qué injusto es el mundo, porque Moncho, considerado el tío más guapo de clase, va con el cráneo rapado como un *skinhead* y eso no impide que tenga media docena de tías colgadas por él. No es que sea un *skinhead;* por lo demás, va vestido como cualquiera: vaqueros, camiseta, jersey; le oí explicar una vez que le resultaba mucho más cómodo afeitarse la cabeza cada dos o tres días y no tener que preocuparse de lavarlo, peinarlo, secarlo y todo eso. Yo no dije nada porque es un tema incómodo. Nunca hablo de eso con nadie de clase; por lo que respecta a ellos, debajo del gorro puedo llevarlo cortado a ras, en trencitas afro o tener hojas en la cabeza en lugar de pelo. Ni siquiera con Paulina, a pesar de que ahora nos estamos haciendo amigas. Ella tampoco me pregunta qué ocurre; normal, yo en su caso esperaría a que la otra contase algo. ¿Le pasa a todo el mundo lo mismo que a mí, que a lo que más vueltas le doy es lo único de lo que no soy capaz de hablar?

En casa sí que sale el tema a veces –casi nunca soy yo quien lo inicia–, pero el disco de mis padres ya me lo sé de memoria.

–No exageres –diría, por ejemplo, mi madre si le contase lo de las cantigas–, una cosa era el siglo trece, cuando todas las mujeres llevaban el pelo largo, y otra distinta ahora. Tú misma, hace dos años, te lo cortaste por encima de la nuca. Ya ves, hay chicas que lo llevan como Corina, la de la tele, porque quieren, no porque nadie les obligue.

A lo mejor es cierto que ahora no es tan raro. Tal vez fuese mejor quitarse el gorro e ir de *skinhead* como hace Moncho. Nadie se mete con él. Quizá si yo me quitase el gorro tampoco se meterían conmigo. También podría hacerme un dibujo en la piel de la cabeza con *henna*, como vi en una revista que llevaba una mujer a la que se le había caído el pelo por la quimioterapia. Pero no quiero pensar en eso porque sería reconocer que mi madre lleva razón, que yo uso lo del rapado como una excusa para enrollarme en una bola igual que Juan Erizo, para encerrarme en mí misma y desdeñar al resto de la gente; que el problema es mi carácter y no mi pelo.

Pues no, ya sé que mis padres no tienen la culpa de que me cortasen el pelo, pero yo sigo pensando que fue una crueldad obligarme a venir al instituto este trimestre.

Tremendo follón con la de Dibujo. Miguel debía de llevar razón porque, cuando Manolo le dice que queremos hacerlo el martes, en vez de insistir en lo del sábado propone hacer el examen el miércoles por la tarde.

–El miércoles por la tarde no tenemos ninguna clase –le explica Manolo, como si ella no lo supiese–. Hay gente que tiene cursillos y cosas que hacer.

–Total, es un día –argumenta ella–. Un examen es un examen. Se puede hacer una excepción.

–Yo no estoy de acuerdo –dice Miguel– con eso de que un examen es un examen. Se supone que tenemos evaluación continua; ¿o es que no van a contar todas esas láminas que hemos entregado? Si el examen no es la única nota sino una más, bien puede ser un martes a la hora de clase más la siguiente hora.

–¿Me vas a dar lecciones? –se enfada la profe–. Tú preocúpate de hacer bien las láminas, que yo sé cómo tengo que poner notas. El examen va a ser el miércoles por la tarde y ya está. Se ha acabado la discusión, no vamos a estar toda la clase dándole vueltas.

–Pero... –intenta protestar Paulina.

–He dicho que no hay más que hablar –corta ella–. Se acabó la verbena.

–Esto no puede quedar así –protesta Miguel al terminar la clase–. Hay que hablar con Mister Bean.

A Manolo no le hace demasiada gracia enfrentarse con la de Dibujo y Martiño insiste en que nos estamos jugando los aprobados.

–Cuidado con ésta, que tiene muy mala uva.

–No es enfrentarse –dice Paulina–, es que tenemos unos derechos, ¿no?

–Pero tampoco hay que ponerse a boicotear exámenes –sigue Martiño a lo suyo–. No podemos ir a contrapelo de los profes.

Se decide nombrar que vaya una comisión a hablar con Mister Bean, para que no recaiga toda la responsabilidad en Manolo. Miguel se ofrece y Carlos también, pero Pepa lo convence de que no es la persona adecuada.

–La diplomacia, cielo, no es una de las virtudes con las que te adornó el Señor.

¡Vaya con la Pepa! Parece una mosquita muerta, y mira la sorna que tiene.

–Pepa, corazón –dice Carlos poniendo los ojos en blanco–, haré lo que tú mandes con tal de que me vuelvas a llamar cielo.

En resumen, van Manolo, Miguel y Paulina en lugar de Carlos. Mi amiga sí que es diplomática.

Lo más sorprendente es que Mister Bean parece darnos la razón. Promete hablar él con la de Dibujo y negociar un cambio del examen para el martes.

–¿Sabes? –me cuenta Paulina–. Miguel da una clase particular tres días a la semana. Por eso no la puede perder, que, si no, no se la pagan.

Así que ni Hípica ni Inglés. Una clase para ganar dinero, ¡qué cosas! Tengo una pizca de celos de Paulina; ella ha conseguido que le hiciese confidencias.

En fin, Carlota, olvídalo; por lo menos, hasta que tengas pelo de nuevo; hasta que consigas deshacerte de ese enemigo que está escondido en el espejo y que te pone delante, cada vez que te asomas a él, un mutante con la cabeza pelada en el que no te reconoces. Antes, siempre que pasaba cerca de un espejo, o incluso por una puerta de vidrio, miraba cómo me sentaban los vaqueros o le daba un aire a la melena. Ahora me espeluzna y vuelvo la cabeza para otro lado.

–No sabes lo que dices. –Poch últimamente se empeña en llevarme la contraria–. El enemigo que tú tienes en el espejo viene de una empresa de trabajo temporal. Sabes que es un sustituto que en un par de meses se largará y dejará su sitio a tu amigo, que te enseñará lo que tú quieres ver.

–Pero en tanto no se marcha tengo que ir junto a Miguel con esta pinta de presa en campo de concentración...

–Peor es cuando el enemigo va haciendo asomar cada día un monstruo que sale de dentro de tu cuerpo, como Alien. Cuando no puedes mantener la cabeza erguida y cada día se te tuerce un poco más la boca... y a pesar de eso no quieres morirte, y menos borrar lo vivido, ¿entiendes?

–Me haces preguntas muy difíciles, Poch. ¡Sólo tengo dieciséis años!

–Por eso, porque tienes dieciséis años; ¿no le dices siempre a tu madre que te trate como a una persona, que ya eres capaz de razonar?

Me levanto de la mesa y le doy un beso, pero ni así se calla.

–¿Es porque me das la razón o porque te di pena con ese cuento tan triste?

¡Qué hombre!

11

El humo y el vacío donde viven más a gusto los sabios

Miércoles, 28 de octubre

Roberto, el de Lengua española, está organizando una obra de teatro para representar antes de las vacaciones de Navidad. «Si sale bien –dice–, podemos llevarla a la *mostra* que organizan en mayo los institutos de la ciudad.» Hay una discusión tremenda para escoger lo que se va a montar. Él hace una propuesta de tres obras, leemos un pedacito de cada una en clase, y votamos. Antes hay un turno para defender las opciones, aunque pone como condición, para hablar a favor de una obra, haberla leído entera. A mí me da la impresión de que le gustaría que escogiésemos la de Jardiel Poncela, que es *Eloísa está debajo de un almendro*. No porque diga nada (intenta mantenerse neutral), sino por la forma que tiene de presentarlas. Mira por dónde, la discusión empieza por ésa.

–La de Jardiel –propone Pepa–. Es muy divertida, tiene veintiocho personajes y podría participar casi toda la clase...

–Pepa –interrumpe Roberto–, ¿en qué habíamos quedado? Haz un resumen para los que no la leyeron...

–*Eloísa está debajo de un almendro* tiene una colección de personajes disparatados: Edgardo, el padre de Mariana, la protagonista, lleva veintiún años sin querer salir de la cama, pero ese día se levanta. Mariana va a pasar la noche a casa del misterioso Fernando, que tiene un tío más misterioso aún, quizá un asesino de mujeres... En la casa de Fernando hay puertas de armarios que se abren solas y aparece un vestido roto...

–Oye, Pepa –dice Nacho–, ¿eso es una obra de teatro o un culebrón? ¡Puertas de armarios que se abren solas, mujeres asesinadas! ¿No será una de esas pesadillas en la calle *Nosequé*?

Nacho es uno de los graciosos oficiales de la clase y la gente se ríe. Pepa se indigna de que la pongan en ridículo.

–¡No es un culebrón, animal! Además, es una obra muy moderna, la acción tiene un ritmo de cine...

Hay tal barahúnda que no se oye nada. Roberto dice que si no somos capaces de ponernos de acuerdo, va a escoger él la que más le guste. La verdad es que Pepa no la ha defendido bien. Yo no la he leído, pero me apetece representar una como ésta, en la que podamos actuar todos. Aunque no sé por qué hablo en plural, no creo que yo sea una de las actrices.

Isabel hace un tímido intento de apoyar a

Pepa. Dice que es muy graciosa, que los diálogos son estupendos, y pone un ejemplo:

CLOTILDE.–*A mí es ya muy difícil que nadie me parezca raro, hija mía, acostumbrada como estoy a los de casa...*

MARIANA.–(Impaciente). *Bueno; pero imagínate que todos los de nuestra familia fuesen normales...*

CLOTILDE.–*No tengo imaginación para tanto.*

Tampoco yo. No puedo imaginarme una familia que me dejase quedarme en casa hasta que me creciese el pelo. Aunque últimamente no sé si querría dejar de venir al instituto, no ver a Miguel todos los días. Lo del teatro puede ser divertido, incluso si no hago ningún papel. ¡No creo que haya personajes *skinhead*! Isabel no recibe mucho apoyo y en seguida aparecen otras propuestas.

–La más interesante es *Muerte accidental de un anarquista* –dice Moncho–. Es una obra de hace pocos años; trata de problemas actuales como la tortura, la corrupción policial, las relaciones entre los jueces y la policía... En la época de Franco también hubo un caso de un chico al que tiraron por una ventana y luego dijeron que se había suicidado, ¿no?

–Un dramón –dice Tere–. Un rollo político más aburrido que otro poco. Yo la empecé a leer y no la acabé.

–¡De aburrida, nada! –interviene Miguel–. A

pesar de que trata un tema tan espinoso, hay trozos muy divertidos. Cuando el loco se hace pasar por uno de los policías y le mete miedo al otro...

Ahora tengo que contar algo que estoy intentando retrasar: es que Lidia ha vuelto hoy a clase. Tiene el pelo cortito –no tanto como yo, claro– y está más delgada. Aunque me disguste reconocerlo, creo que está más guapa que antes. Todos la rodean y le hacen mimos, incluida yo, que le digo: «Me alegro de que estés bien». Eso es cierto, que he pasado miedo pensando que se iba a morir por culpa mía. Ella me mira sin verme, atendiendo como está a su corte de adoradores, y dice: «Gracias, gracias». No sé por qué imaginaba que debía de saber lo del pañuelo y mi rencor. Una tontería. Tengo que hablar con Lidia porque, mientras estaba en la cama, el de Lengua le mandó los libros y parece ser la única de clase que los ha leído todos, lo que le da cierta autoridad.

–Sí, tío –le dice Lidia a Miguel–, estoy de acuerdo en que tiene trozos en los que te tienes que reír, pero es una obra basada casi toda en un actor que hace de loco, de loco que representa a un policía, de loco que representa al juez, cambiando de tono, de forma de andar y de moverse. Y ninguno de nosotros somos Darío Fo para representar todos esos papeles.

A mí, por un lado, me gustaría defender a Miguel. Yo leí enteras dos, la de Darío Fo y la *Farsa infantil de la cabeza del dragón* de Valle-Inclán. Aunque me encanta la de Fo, veo que Lidia tiene algo de razón: es una obra muy difícil de representar por aficionados como nosotros. La de Valle-Inclán me gusta mucho, pero no me atrevo a proponerla, con ese nombre de *Farsa infantil*... Aquí todos nos consideramos muy adultos, no hay más que ver lo que le decía Nacho a Pepa. Hay veces en que me daría de tortas. ¡Carlota, te falta un pelo para meterte debajo de la mesa! (faltar, me faltan más de uno). Mira que el otro día, cuando la discusión sobre el examen de Dibujo, ni abrir la boca. Táctica del avestruz: pasar inadvertida, a ver si se olvidan de mí. ¿Qué hizo Juan Erizo? Se largó al bosque y gateó a la copa del árbol más alto. Pero, por lo menos, mientras estaba allí solo sin hablar con nadie, tocaba la gaita.

Entonces, para mi sorpresa, Paulina propone la de Valle-Inclán. ¿Nos leemos el pensamiento ella y yo?

–Para mí, la más adecuada es la de la cabeza del dragón. No digo que sea mejor o peor que otras; por ejemplo, la de Darío Fo también es muy buena, tiene fragmentos de los que una enmarcaría en un cuadrito. Pero podemos pasarlo muy bien preparando la de la cabeza del dragón: es divertida, tiene mucha acción y no depende tanto de actores que sepan expresar una emoción con los ojos. Además tiene veinte personajes, sin contar el dragón, y un coro de damas y galanes; o sea, que podemos actuar todos.

Paulina hace una pausa: yo creo que está esperando que alguien ponga «la» objeción. Y Carlos pica.

–Pero ¿no es una de esas cosas medio infantiles?

Ella me echa una ojeada. ¿Está pasándome la pelota? De pronto me encuentro diciendo:

–No es infantil, para nada; o, si quieres, puede tener una lectura infantil y otra para adultos, porque Valle mete muchísimo contrabando en estas del Tablado de Marionetas. No tienes más que ver cómo empieza –y hasta saco las notas en el cuaderno para convencerlo–. Mira lo que le dice uno de los príncipes en la primera escena a los otros: *El aire, el humo y el vacío son los tres elementos en que viven más a gusto los sabios*. ¿Qué te parece? Es ironía, y no precisamente para niños.

–A mí no me apetece hacer una de Valle-Inclán –dice Martiño, atacando por la banda de estribor–. Le tengo un poco de manía. ¿Por qué, siendo de aquí, no escribía en gallego?

Ya está, la tenemos armada. Gallego sí, gallego no. Castellano, también; pero menos. «Pero ¿no somos bilingües?» «Tú calla la boca, que no sabes hablar ni una ni otra, chapucero.» ¡Madre mía, qué follón!

–A ver, un poco de calma –dice Roberto, que nos da clase de Lengua en castellano, pero habla gallego en las conversaciones informales–. Martiño, es muy difícil juzgar a una persona de otra época. Hay que reconocer que existe un conflicto entre las dos lenguas, pero eso no quiere decir que las personas tengan que reñir y, menos, insultarse. Mirad, si queréis podemos organizar otro día un debate sobre la situación de las lenguas, pero hoy me gustaría que decidierais la que vamos a representar, y faltan veinte minutos para que acabe la clase. Martiño acaba de exponer sus razones de forma muy sincera, y los que estén en desacuerdo con él, que expongan otras; pero no os insultéis, ¿eh, Toño?

La discusión se polariza entre Valle-Inclán y Darío Fo. Tengo que oír a Miguel diciendo que no está de acuerdo conmigo y que, aunque no ha leído la de la cabeza del dragón, está seguro de que es una obra *light* y que no trata cuestiones tan actuales como la del anarquista. ¡Qué tendrá que ver una cosa con la otra! Y por lo menos podría esperar a leerla antes de decir tonterías...

–Y tú mismo dices que no la has leído –le contesta Paulina–. ¡Vivan los prejuicios!

Roberto dice que estamos repitiendo los argumentos y que votemos. Dos veces: una, para decidir las finalistas; y la segunda, entre las dos que tengan más votos. En la primera votación, la de Darío Fo tiene trece votos, y la de la cabeza del dragón, once; la de Jardiel, siete. ¡Pobre Roberto! Bien, me digo a mí misma, hemos perdido, no pasa nada. Pero, sorprendentemente, en la segunda la de la cabeza del dragón arrasa con quince, ganando por un voto a la de Fo; hay uno en blanco y uno, ¿despistado?, que sigue votando a Jardiel. Gritos de «¡Ganamos!», «¡Qué chungo!», caras de satisfacción o de mosqueo. Roberto insiste en que no hay ganadores ni perdedores, que todos tenemos que participar en la obra y que nos divertiremos haciéndola.

–No vamos a hacer hoy todo el reparto –dice–, pero voy a proponer unas ideas para los personajes que tienen más texto y así pueden empezar a prepararlo, aunque habrá que hacer unas pruebas, claro... La infantina podía ser Lidia, si se encuentra con fuerzas para los ensayos; y la Geroma, si quiere, Paulina; contamos con la experiencia de las dos en otros papeles.

Hay un runrún, algunos hablan por lo bajo, pero nadie dice nada. Recuerdo ahora que Paulina me habló de otras obras que habían representado en años anteriores, de lo que le gusta el teatro. Yo, recién llegada, no sabía que Lidia también había trabajado en ellas.

–Para el príncipe Verdemar –sigue Roberto embalado, ¡y eso que no sabía qué obra íbamos a escoger!–, yo creo que Miguel: no ha de ser tan difícil como el loco de la *Muerte de un anarquista* que estaba dispuesto a encarnar. Y Nacho podría hacer de Espandián; pero tienes que aprenderte el texto, ¡nada de improvisar, que nos conocemos! Bernal sería un buen Bufón, y Carlota, que lee muy bien aunque nunca la he visto actuar, el Duende.

Quedo muda de la impresión. Me causa un desasosiego que no sé definir bien eso de que Miguel tenga que enamorar a Lidia aunque sea en el teatro. Por otro lado, el papel de Duende me hace ilusión: es un personaje gracioso y, ¡fundamental! lleva gorro o capucha. Roberto me mira como si esperase una respuesta, pero dice:

–Bien, no tenéis que decidirlo ahora mismo. Pensadlo y ya hablaremos el próximo día.

Al llegar a casa, dándole vueltas y más vueltas, se me ocurre una razón que puede explicar algunas propuestas del reparto: a lo mejor Roberto nos ha escogido a Lidia y a mí, no por leer o actuar bien, sino porque le damos pena. Es una idea que no me gusta nada y medio me estropea la sensación de felicidad que tengo porque voy a actuar. ¿Será por eso? ¡Yo no quiero darle pena a nadie!

–No quiero que me tenga pena –le digo a Poch, que me mira muy serio.

–Pues a buena parte has ido a parar. Yo sé que en los últimos tiempos todo el mundo me tenía pena. ¿Acaso quieres que todos vayan de duros? La pena es un sentimiento humano, ¿sabes?

–No es eso. Prefiero a las personas que tienen sentimientos, pero no quiero que me traten de forma distinta a los demás.

–Lo terrible es lo contrario, ¿no? –dice él–: cuando hay cosas que deberían darnos pena, como la gente muriéndose de hambre en África, y no nos conmovemos.

Este tío tiene razón demasiadas veces.

–¿Hacías teatro? –pregunto.

–¿Quieres decir si fingía ser una cosa distinta de la que era? No, creo que, de ese tipo, no.

–Yo decía del otro, representar un papel en el escenario, ya sabes...

–Carlota –dice sin hacerme caso–, para hacer teatro en serio tienes que meterte en la piel de los personajes. ¿Estás preparada para sumergirte en el Duende? ¿Para cantar y lamentarte con la voz triste de los prisioneros? Tendrás que soportar las traiciones de los príncipes, saltar como las ranas y los sapos y, al final, sermonear al rey sobre sus relaciones con su hijo. Y poco antes tendrás que hacerte invisible.

–Ya soy invisible la mitad del tiempo. Si supieses el poco caso que me hacen los demás en el instituto...

–Invisibles de verdad sólo somos los muertos... Pero yo no sé si te irá el papel. Un duende es muy viejo y sabio, y tú no aprecias mucho a los sabios.

Lo que más te gustó de la obra es cuando se dice que en el humo y el vacío es donde viven más a gusto. Y, además, ¿sabes una cosa? Lo más arriesgado de hacer teatro es que primero tienes que sumergirte en ti misma, y no sé si estás dispuesta.

12

Las rodillas hechas polvo

Viernes, 30 de octubre

Hoy, en clase de Lengua española, Roberto acaba de organizar el reparto. Los decorados también vamos a prepararlos nosotros, con ayuda –según dice– de Gracia, la profe de Dibujo. Nos miramos de reojo al oír eso, pero nadie se atreve a explicarle que no hacemos precisamente buenas migas con la de Dibujo. Roberto es un poco ingenuo: cree que todo el mundo se toma el mismo interés en el instituto y en sus clases que él; que una cuadriculada como la Gracia puede compartir la idea de que se aprende lo mismo o más montando unos decorados que haciendo láminas de dibujo técnico. ¡A ver qué le suelta la otra!

–Mi propuesta para los decorados y el vestuario es que lo traslademos a la época actual –nos explica él–, que transcurra en un barrio de gran ciudad; por ejemplo, Brooklyn..., Coia, Vite, o el barrio de las Flores.

–¡Guay! –dice Manolo, que dibuja muy bien–. Pintaremos unos telones con rascacielos y una pared con pintadas y *graffiti*. ¿Se pueden conseguir *sprays*?

–Supongo que sí –asiente Roberto–, pero dentro del presupuesto que me dieron. Ya sabéis que en el instituto no sobra el dinero. Tú puedes coordinar un grupo que diseñe los decorados y Pepa otro que se encargue de pensar en el vestuario, que igual puede ser ropa que tengáis, porque mi idea es que los príncipes al principio lleven ropa deportiva, gorros con la visera hacia atrás y que jueguen al baloncesto con un alambre que haga de cesta en la esquina de una calle.

–También habrá que fabricar la cesta, ¿no? –dice Moncho– y los otros chismes que hagan falta: las espadas, la llave de la torre donde está preso el duende...

–Podrías encargarte tú –propone Roberto–, con Pepa y alguna otra persona, de hacer una lista detallada de la ropa y de todas esas cosas, lo que se llama el *atrezzo* o la utillería, los muebles, teniendo en cuenta lo que decíamos de trasladarlo de época. Por ejemplo Espandián y Verdemar no pelearán con espadas sino con navajas, y la venta de la escena segunda puede ser una pizzería.

Nos organizamos en grupos y empezamos a diseñar los decorados, hacer listas y adelantar ideas que quizá después resulten disparatadas.

Yo aprovecho que cada cual está a su bola para acercarme a la mesa del profe.

–Roberto –digo, y no sé bien cómo seguir–, es por lo del duende...

–¿No te apetece? Pues es un personaje muy divertido. Yo creí que te gustaría.

–No es eso, es que... ¿Es verdad que me has escogido porque leo bien o es porque... como llevo el...? –Aunque intento decirlo de un tirón y sin respirar, me quedo atascada en el medio.

–Mira, Carlota –dice él, muy serio–, ya sé que el primer mes hubo algunos problemas, pero ahora creo que todo el mundo te trata como a una más. Así que quítate de la cabeza esas ideas de que eres un bicho raro y de que lo que te pasa es malo o tiene un motivo oculto. Siempre pensé que el duende podía ser una chica; aprende bien el papel, ¡y a disfrutar! Por cierto ¿has pensado cómo vas a ir vestida?

–Pues... no, no.

–¿Qué te parece un traje tipo Spiderman o así, una especie de traje de buceo, como los de los superhéroes de cómic? Porque un duende en este tiempo ya no vestirá como en la Edad Media.

–¿Uno como Daredevil? –pregunto yo.

–Si no me consideras muy ignorante, te diré que no sé quién es ese Daredevil; ¿un superhéroe? Pues vale.

Así que ahora ando aprendiéndome de memoria los parlamentos del Duende. El más largo es al final de la obra, cuando le sirve al rey Maguncián un corazón crudo de cordero, como él había amenazado comerse el de su hijo, y acaba diciendo:

EL DUENDE.–*Los perros, los leones, los tigres, los lobos y los gatos se comen la carne cruda y sangrienta, porque tienen en sus estómagos una gran cantidad de ácido clorhídrico que les hace fácil digerirla. Pero los reyes, si un tiempo remoto pudieron hacer lo mismo, hoy por la evolución de las especies, ya no pueden. Al perder en regalías, perdieron en potencia estomacal. Los reyes constitucionales sólo pueden ser vegetarianos.*

Eso de que los reyes ahora sólo pueden ser vegetarianos resulta gracioso, teniendo en cuenta que va a ser Carlos quien haga de rey Maguncián, y Carlos de vegetariano no tiene nada. Una comida que no lleve un buen cacho de chorizo dice que no tiene sustancia. Si me descuido, es capaz de comer chorizo con las palmeras de chocolate. En clase sí que hay un vegetariano: es Bernal. Antes de conocer a Bernal yo pensaba que los vegetarianos eran todos unos místicos, gente que andaba levitando por ahí y a los que sólo les gustaba la música blandita y las películas con mensaje. Un estereotipo como cualquier otro. Bernal es un cachondo mental, es de los que más controlan de rock duro o *blues* y no levita, sólo juega al voleibol. A veces se mete con nosotros en el recreo por lo que comemos en los bocatas.

–¡Ay, madre mía! ¡Pues no va a merendar tiburones...!

Eso porque a Nacho le chiflan las sardinas en aceite.

Pero hoy en el recreo no atiendo a las disputas gastronómicas entre Nacho y Bernal. Ni siquiera sé lo que yo misma llevo en el bocata porque, justo cuando estoy empezando a comérmelo, veo a Miguel que viene andando por el pasillo hacia mí. Lo raro es que, en vez de pasar a mi lado sin mirarme, como si yo fuese una papelera o algún otro elemento del mobiliario, se para delante y me tiende algo que lleva en la mano.

–Toma, Carlota.

Es una cinta de casete y veo que lleva escrito a mano «U2. *Joshua Tree*». Abro la boca, pero no sale ningún sonido.

–Me lo han dejado para grabar –dice él– y, como a ti te gusta ese tipo de música, pensé que...

–Gracias –acierto a decir yo; ¿por qué este tío consigue dejarme la lengua hecha un nudo?

Pero él tiene algo más que tratar conmigo, al parecer.

–Ya sé que has hablado con Mister Bean... Quería decirte que la semana pasada me pasé contigo...: estaba cabreado por otras historias...

–No te preocupes –digo yo. ¿Vamos a empezar un concurso a ver quién es más fino?

–Eres un encanto.

E, inclinándose, me da un beso en la mejilla.

Si el recreo es el foso de los cocodrilos, hoy consigo atravesarlo no sobre una tabla, sino sobre un alambre por el que voy bailando como una trapecista. Siento como si llevase en la mejilla un letrero luminoso: AQUÍ, BESO, BESO, BESO... ¿Es esto estar enamorada?, ¿este zumbido que ocupa la mitad de la cabeza y no deja pensar con claridad? «¡Carlota, no puedes quedarte colgada de un tío porque te bese amistosamente!» Lo malo es que ya estaba colgada antes...

–Creo que estoy enamorada, Poch. Dicen los de Aerosmith que enamorarse deja las rodillas hechas polvo, pero más bien parece que daña el cerebelo. Me he quedado alelada. ¿Y sabes lo peor? Que hoy es viernes y no lo voy a ver en tres días: sábado, domingo, lunes, que iré al hospital.. ¿Resistiré?

–*Tú me dices que me quieres; / y yo te digo que no* –canturrea Poch–. *Por favor, no me persigas, / te lo pido por favor.*

–Sí, ya veo que piensas que no me quiere...; si le gustase, me pegaría un mordisco, no un beso en la mejilla, ¡pero déjame imaginarlo por unos días!

–Yo no pienso nada. Parece mentira que no reconozcas esa canción mía que escuchaste tantas veces... ¡Como ahora sólo existe la cinta que te regaló ese supermán de pacotilla...!

–¿Tienes celos? Me encanta el regalo de la cinta...; mucho más que si fuese el disco, porque tiene los títulos de los cortes escritos por él. Pero no te preocupes, que yo seguiré queriéndote: ¿no ves que soy parte de tu banda sin futuro?

13

Pillar el cielo con los pies

Lunes, 2 de noviembre

Voy al hospital confiando en que sea la última vez, en que a partir de hoy dejaré crecer el pelo. «¡Buenas noticias!», dice la médica al mirar los resultados de los análisis.

–¿Ya está? –pregunto esperanzada–. ¿Se acabó el tratamiento?

–Parece que está curado, pero es prudente continuar el tratamiento dos semanas más.

–¡Todavía otras dos semanas! –protesto débilmente.

–No podemos arriesgarnos a un rebrote y tener que comenzar de nuevo, ¿comprendes? Sería un disparate interrumpir el tratamiento ahora y tener que cortarte el pelo de nuevo dentro de unos meses.

Debe de darle pena la cara que pongo, porque añade:

–¡Ánimo! Puedes ir contando los días que quedan, que ahora sí es la última vez. Si los análisis dan los resultados que espero, dentro de dos semanas te diremos adiós.

Esta historia es el cuento de nunca acabar. Me quedo tan decepcionada que voy todo el camino de vuelta sin decir ni pío. Como en silencio y me voy a mi cuarto. Estoy encendiendo el ordenador para jugar a *Number Munchers* o algún otro juego bobo que me haga olvidar que llevo el pelo rapado, cuando llaman a la puerta y –como siempre, sin darme tiempo a contestar– entra mi madre, con cara de velocidad y los libros del colegio en la mano.

–Carlota, quería decirte una cosa...

Estoy preparando la artillería para contestar con una salida de tono. Me imagino lo que viene a decirme: «Hay que tener paciencia..., ya queda poco tiempo». Pues no señor, estoy hasta los pelos de tener paciencia.

–La abuela se va a ir cuatro días a la aldea. Tienen que cambiar unas ventanas de la casa. He pensado que podías acompañarla, si quieres. Como se va el jueves, perderías sólo dos días de clase y yo puedo hablar con el tutor.

La propuesta me coge por sorpresa e inmediatamente me asombro de mí misma porque no me hace ninguna ilusión irme. ¡Qué raro! Si llega a proponerme esta idea hace un mes, me despepitaría. Entonces estaba rabiando por quitarme de en medio, pero ahora... Tengo que confesarme a mí misma que no puedo soportar la idea de estar cuatro días sin ver a Miguel.

–No sé..., es que va a haber exámenes dentro

de poco. Ya estoy perdiendo un lunes de cada dos. Será mejor que me quede.

Me mira con cara de incredulidad. Se queda callada un momento y después se acerca y me da un abrazo muy fuerte.

–¡Hija, qué responsable eres!

Me siento un poco avergonzada de este pequeño fraude. Aunque tengo confianza con mi madre, nunca se me ocurriría contarle si me gusta un chico o no. Aparte de que no me atrevo a decirlo en voz alta, sería ridículo: yo, con esta cabeza calva, con este gorro absurdo, enamorada de ese tío alto como una torre y tan guapo que va a hacer de protagonista en la obra de teatro. No creo que me atreviese a contárselo a nadie; si acaso, a Paulina más adelante.

A propósito de fraudes de poca monta, ahora que Nacho es mi Spiderman particular me anda contando su vida. Este chaval parece un botarate y resulta que es un genio para los negocios. Me cuenta que cuando estaba en segundo de la ESO y Elvira era su profe de Ciencias empezó a criar gusanos de seda. A otra gente se le mueren, pero Nacho, a pesar de la pinta de brutote que tiene, los cuidaba tan bien, les buscaba las ricas hojas de morera en un árbol del parque, y limpiaba las cajas con tanta maña que las orugas crecían, se hacían mariposas, ponían huevos y se multiplicaban sin parar. En resumen, que un buen día la madre de Nacho le dio un ultimátum.

–O desaparecen esas cajas o el que va a desaparecer serás tú.

Después hablan de las madrastras de los cuentos... ¡Qué crueldad! Y, total, por seis o siete cajitas de zapatos, se lamentaba Nacho.

–¿Y qué hago con ellos, pobrecitos? –se quejaba.

–Menos soltarlos por casa, lo que quieras. Puedes echarlos al río, regalárselos a alguien, incinerarlos en una estufa. Pero ni un día más, ¿me has oído?

Nacho, según me contó, ofreció los bichejos a todos sus amigos. Pero, desgraciadamente, su madre no era un modelo único y las tímidas sugerencias de acoger unas oruguitas huérfanas en casa no fueron bien recibidas.

Un día, cuando más desesperado estaba, tuvo una idea genial.

Consiguió que su madre aplazase una semana el día fatídico en que debía presentar el cuarto limpio para la inspección. Sólo le faltaba convencer a cuatro o cinco amigos de clase de que le hiciesen un pequeño favor.

El hombre que tiene una tienda de animales junto a los videojuegos no podía creerlo. En la última semana no hubo día en que no entrase un chico preguntando si vendía gusanos de seda. ¿Qué rayos estarían haciendo en las clases de Ciencias? ¿Cómo iba a conseguir los malditos gusanos? Aquí entra otro chico más, un grandullón, con una enorme bolsa de deportes a la espalda. Seguro que viene a preguntar si vendemos gusanos de seda.

–¿Compra gusanos de seda? –preguntó el grandullón.

–No –dijo el hombre mecánicamente–, no. No tengo gusanos de seda... Espera un momento; ¿has preguntado si *compro*?

En cosa de pocos minutos Nacho salía de la tienda con la bolsa de deportes vacía y los primeros billetes que había ganado en su vida en el bolsillo. Él dice que el hombre aún debe de estar preguntándose cómo los profes de ciencias cambian de opinión con tanta facilidad.

Claro que mi engaño no tiene nada que ver con dinero...; sólo, con la opinión que mi familia tiene de mí.

Al cabo de un ratito, se abre poco a poco la puerta y entra la abuela. No sé qué le diría mamá, pero arde de santa indignación.

–Ya está bien de estudios y de tanto sacrificio. Tiempo tendrás de trabajar cuando seas mayor... ¿De verdad se creen en ese instituto que se va a hundir el mundo si faltas dos días a clase?

–En el instituto no dicen nada, abuela. Soy yo: me parece que necesito ir a clase para sacar buenas notas en los exámenes.

Ella menea la cabeza, escéptica. No es tan fácil que se trague el cuento como fue con mi madre.

–¡Buenas notas, buenas notas! En la vida hay más cosas que buenas notas. –No se me escapa que eso es una crítica encubierta a las manías de mi padre, lo que en condiciones normales la abuela se guardaría mucho de hacer delante de mí–. Carlota, ¿quieres ir al instituto el jueves y el viernes? Pero dime lo que quieres hacer *tú*.

–Sí, abuela. Soy yo quien quiere ir. ¡En serio!

Entonces ella me mira fijamente, inicia una sonrisa y sentencia.

–Pues igual es por alguna otra cosa.

Y se va dejando esa frase misteriosa suspendida en el aire detrás de ella. En ese momento me viene a la cabeza un dicho que le he oído cuando una desea algo imposible, y parece que la veo sentenciando: «¡Carlota, quieres pillar el cielo con los pies y no le llegas con las manos!».

–Es aguda, la vieja –dice Poch por encima de mi cabeza.

–¿Tú crees que se da cuenta...?

–No es de los que se dejan engañar por las apariencias. Ve por debajo de la superficie. ¿Sabes?: cuando empecé con los temblores de la enfermedad, la gente pensaba que me picaba. No hay muchos que distingan entre lo que parecen las cosas y lo que son.

–Ya lo sé. Yo parezco un cocoliso, un monstruo pelado, pero en el fondo me siento una chica como las otras. Quiero que Miguel me bese, pero no en la mejilla, sino enredando su lengua en la mía. Que me muerda como si fuese un vampiro... Qué... patético, ¿no?, esto de querer pillar el cielo con los pies.

–¿Ves?; en eso no estoy de acuerdo con tu abuela –dice Poch muy serio–. Sólo intentando pillar el cielo con los pies llegas alguna vez a coger unos jirones de nube con las manos.

Por la noche sueño con Miguel. Yo tengo el gorro quitado y él me va acariciando la cabeza muy despacio; me hace como cosquillas que se transforman en un escalofrío que me sube por todo el cuerpo. Luego, sus manos van bajando por los hombros y por debajo del jersey hasta llegar a los pechos. No sé qué pasa después porque me despierto. Estoy toda mojada. El sueño se ha largado y Miguel no está aquí. ¡Hay que ver cómo hace polvo esto las rodillas y todo lo demás...!

14

Una clase requiere mucha cabeza

Martes, 3 de noviembre

Hoy, a la hora del recreo, iba yo a buscar a Miguel para decirle que había oído la cinta de U2 y que me gustaba mucho (bien, la verdad, iba a buscar a Miguel porque me apetece estar con él; lo de la cinta no es más que una excusa), pero viene Moncho y me corta el paso.

–Carlota, ¿tienes un momentito?

No me queda otro remedio que contestar afirmativamente.

–Necesito preguntarte unas cosas del traje de Duende...: como ayer no viniste y estuvimos preparando esto en clase de Lengua española...

No sé si está esperando una explicación de por qué falto un lunes de cada dos, pero no se la pienso dar.

–Dime.

–Roberto propuso unas mallas, un traje como los de los superhéroes. Dice que tú le hablaste de un tal Far e Devil, supongo que se refería a Daredevil ¿no?

–¿Conoces a Daredevil? –pregunto encantada.

–Soy aficionado a los cómics –dice como disculpándose–. Veo que tú también. Bien, lo que quería saber es si tienes mallas de baile o algo que pueda servir como parte del traje, o si tenemos que conseguirlo todo de nuevo. He hecho unos bocetos, unos figurines para los trajes. ¡No te rías de mí, dibujo bastante mal!

Saca un folio de la carpeta, un dibujo hecho con rotulador. No pinta tan mal como dice. Es gracioso: más que un duende, parece Catwoman. Lleva unas mallas ajustadas que le marcan unas tetitas pequeñas y altas (talmente como las mías, pienso); la parte superior es una especie de funda que continúa tapando la cabeza. Lo más chulo es el gesto que hace con las manos, abriéndolas hacia fuera, una expresión en la que me reconozco inmediatamente. Para que no haya duda ha escrito mi nombre debajo con letras mayúsculas: «CARLOTA (duende)».

–¿Te gusta? –pregunta–. A ti, con esas piernas largas que tienes, te deben de quedar bien las mallas. ¡No creas que es un traje que pueda llevar cualquiera!

¿Es un piropo? ¿Habrá algún chico que me mira y ve algo distinto del gorro que llevo en la cabeza? Nos quedamos los dos mirando para el boceto, yo concretamente para las tetas, tan claramente dibujadas con el pezón sobresaliendo, y tan parecidas a las mías que por un momento siento como si Moncho me viera desnuda a través de la ropa. Es una sensación nueva y desconcertante. Creo que me gusta y por mi cabeza pasa como un relámpago el deseo de que Miguel me vea con ese disfraz de duende. Pero hablo como si ignorase todo eso: mi retrato, el comentario sobre las piernas... (nunca se me ocurriría describirlas así; ¡no soy tan alta!).

–Está muy bien. Sí que tengo unas mallas de licra, un pantalón que uso a veces para gimnasia –claro que él no me ha podido ver, no estoy yendo a gimnasia–. Lo que no sé es qué puedo llevar por arriba como no sea una camiseta... pero no continúa por la cabeza, claro.

–Déjame que piense algo... ¿De qué color son las mallas?

–Negras.

–Le pondremos algo de color para que no parezcas de la banda de Darth Vader.

–De lo que soy yo es de la banda sin futuro.

Me arrepiento nada más decirlo. No es lo mismo hablar con Poch en mi cuarto que decirle estas cosas a Moncho en voz alta. Me entra una prisa tremenda por irme y, antes de que tenga tiempo para contestar, le digo adiós y me largo a todo correr. Pero ya no hay forma de encontrar a Miguel.

Miércoles, 4 de noviembre

Parece que hubo ayer una bronca tremenda en la reunión del consejo escolar. Normalmente dura de seis a ocho, pero ayer no acabaron hasta cerca de las diez de la noche. Manolo, nuestro delegado, es del consejo y cuenta que fue Gracia quien empezó el follón. Nosotros, ingenuos, pensábamos que lo del examen estaba arreglado desde que Mister Bean habló con ella. ¡Ja, ja! Lo llevó al consejo y lo presentó como un intento de «cuestionar mi autoridad como profesora». Dice Manolo que él defendió la postura de la clase como pudo, argumentando que no es un problema de autoridad, sino de horario, y que no queremos venir un día en el que no tenemos clase. Parece que el director se puso de nuestro lado pero que, cuando le dijo a Gracia que era mejor respetar el horario, ella se revolvió y se sacó de la manga una movida de otro tipo.

–En este instituto es un delito terrible ir en contra de lo que quieren los alumnos –así dijo–, pero una profesora puede mandar masturbarse a un chico sin que pase nada.

Esta frase –según Manolo– fue como un petardo reventando en medio de la reunión. Se armó una tremenda barahúnda, uno de los representantes de los padres empezó a gritar indignado, todos querían hablar a un tiempo. Entre aquel barullo, uno de los alumnos que es de tercero de la ESO le preguntaba a Manolo por lo bajo qué quería decir masturbarse. «Hacerse una paja», le dijo Manolo también por lo bajo. «¿En clase?», preguntaba el otro, asombrado.

Nosotros ya sabemos de qué va esta historia. Son los espermatozoides que pidió Elvira en clase. Claro que también dijo que, si no, valían las células de la mucosa bucal.

En el consejo escolar hay un profesor del seminario de Ciencias, Francisco, que salió en defensa de Elvira. Contó más o menos de qué iba, que no había que darle mayor importancia.

–¡Corrupción de menores! –decía el padre que lo había tomado por la tremenda, un tal Comesaña, que tiene una ferretería en el barrio–. Les confiamos la educación de nuestros hijos y les enseñan a hacer cochinadas.

Dice Manolo que Mister Bean estuvo magnífico:

–Tranquilícese, Comesaña, tranquilícese. Corrupción de menores es otra cosa. Y apostaría el cuello a que no hay muchos chavales en estos últimos cursos del instituto que necesiten instrucción sobre cómo conseguir espermatozoides. No voy a preguntarle a usted si lo sabía a los dieciséis años, sólo digo que no hagamos ejercicios de hipocresía.

–Yo estaba en esa clase –dijo Manolo, aunque le daba corte hablar delante de aquel padre tan furibundo–. Lo único que pidió fue si alguien podía traer espermatozoides. No explicó nada de cómo..., de cómo...; bueno, yo creo que todos sabemos cómo se hace eso desde antes de entrar en el instituto.

Entonces intervino el dire diciendo que no se podía saltar de una cosa a otra. Que había que acabar de discutir lo de los exámenes y que debía recordar que era mejor hacerlos en horas de clase o, en todo caso, acordarlos con los alumnos o cambiándole una hora a otro profesor. Que el horario estaba aprobado por el centro y obligaba a todos, alumnos y profesores. Que estaba dispuesto a escuchar a Gracia si tenía algo que argumentar sobre esa cuestión; por ejemplo, qué problema había en hacer el examen el martes, ampliando la clase una hora más.

Después de esa intervención del director, los ánimos se enfriaron bastante. Gracia farfulló no sé qué acerca de perder horas de clase y los programas demasiado amplios, y dijo que, si no tenía más remedio, lo haría el martes, aunque lo consideraba una imposición por parte de la dirección. Por lo que le entendimos a Manolo, ni siquiera se llegó a votar el asunto. En cuanto a lo de la caza de espermatozoides, una de las madres, que es maestra, le quitó hierro, diciéndole a Comesaña que Elvira era una de las mejores profesoras que habían tenido sus hijos, que conseguía interesar a los chavales en todo lo de Ciencias y que a ella eran ahora sus hijos quienes le enseñaban a distinguir unos árboles de otros.

–No vamos a ponernos estrechos –acabó diciendo–, cuando sabemos que todas esas cosas, si es que no les hablan de ellas en casa, que es donde deberían, pueden aprenderlas sólo encendiendo la tele. Los chicos ahora las toman con más naturalidad que algunos de nosotros.

Manolo nos cuenta esta historia a la hora del primer recreo y hoy no se habla de otra cosa en el instituto. Vienen de otros cursos a preguntarnos por el cuento de los espermatozoides. De creer a todos los que andan presumiendo de que fueron los voluntarios, en el laboratorio aquel día habría espermatozoides no para hacer nueve o diez preparados, sino para llenar una bañera.

A la hora del segundo recreo viene Nacho, que sigue considerándose mi superhéroe protector, a contarme una batallita del tal Comesaña. Resulta que ese señor toma los vinos en el mismo bar que su padre y, como viaja de vez en cuando por cosas del negocio, siempre anda presumiendo de que fue a ver una revista en Barcelona y después invitó a tomar una copa a una corista despampanante y... Vaya, que seguramente Mister Bean no sabía lo acertado que estaba al hablar de los ejercicios de hipocresía.

En lo que está todo el mundo de acuerdo es en que tenemos mucha suerte con un tutor como Mister Bean. Debe de ser difícil esto de mediar entre nosotros, los profes y, a veces, hasta los padres, y él lo hace muy bien. Porque como dice en nuestra obra de teatro Miguel –digo, el príncipe Verdemar–, citando a la reina: *¡Una clase no se gobierna como un reino! ¡Una clase requiere mucha cabeza!* En realidad él dice una casa y no una clase, pero por ahí deben de andar en dificultad.

15

Como una hucha rota

Viernes, 6 de noviembre

Llevo toda esta semana intentando hablar con Miguel en los recreos y no hay forma. Unas veces, porque viene Moncho con sus figurines del duende; otras, por la movida de los espermatozoides; otras, porque simplemente desaparece en cuanto toca el timbre: el caso es que no he conseguido cruzar palabra con él en toda la semana. No es que necesite decirle algo con urgencia, más bien que con lo de la cinta que me regaló tengo un pretexto para estar con él; sobre todo, ahora que sé que no está cabreado conmigo y que –alguna vez por lo menos– piensa en mí.

El martes pasado el episodio de Corina tenía que ver con amores y desamores. Había empezado a ir a clase un tío nuevo y Corina estaba ciega por él. Era un cuelgue absurdo, porque el tío no decía ni palabra, sólo contestaba a las insinuaciones de Corina con ¡humm! y ¡hemm! Ella, claro, interpretaba sus silencios como prueba de que se trataba de un espíritu selecto. «Sólo habla cuando tiene algo que decir», suspiraba, mientras Kate, la amiga que en la serie representaba la voz del sentido común, retrucaba: «Pues tener, tener, debe de tener realmente poco». Las risas grabadas se parten de risa, y mi familia, también. Todos menos yo; a mí me daba pena la pobre Corina, enamorada de un tío que no le hace ni caso. «¡A ver si te das cuenta de que es un zopenco!», le decía Inés, siempre tan oportuna. Pero Miguel no es un zopenco. El enfrentamiento con Toño por defenderme, eso fue magnífico. «¡No ves que ni siquiera te ve!», se indignaba Kate. Eso sí podía aplicarse a mi caso. En fin, que no sé qué es lo que encuentran tan gracioso. Enamorarse de alguien y no ser correspondido es muy triste, de las cosas más tristes que le pueden ocurrir a una.

Tengo ganas de contárselo a alguien, que otra persona me diga que no es disparatado, que tal vez pueda gustarle cuando tenga pelo otra vez. Si voy al cine este fin de semana con Paulina y hablamos de enamorarse como la otra vez, igual se lo cuento. Tampoco he visto mucho a Paulina esta semana; ahora que lo pienso, creo que los actores que tienen los papeles largos están aprovechando los recreos para ensayar. Al salir de clase me dice: «Tengo que contarte un montón de cosas». «¿Quieres que vayamos a ver *Barrio* mañana?», le pregunto. «No sé –dice–, tengo que irme corriendo. Nos llamamos.»

Es el pesado de Moncho quien viene otra vez a enseñarme las cosas que está preparando para el teatro y dice que me acompaña a casa, que le cae más o menos de camino. Esta vez ni siquiera tienen que ver con mi traje, son las navajas para la pelea entre Espandián y Verdemar y unas gorras de béisbol que saca de la mochila.

–Mira, ¿qué te parecen las gorras de los príncipes? –pregunta, poniéndosela con la visera para atrás.

Le queda muy graciosa. La verdad es que a Moncho todo le sienta bien, sea una visera o una pañoleta de pirata. Tiene unos ojos muy expresivos y una sonrisa preciosa. Él no tiene la culpa de que yo quisiera que me acompañase otro. Creo que me pone nerviosa que lleve el pelo rapado porque me hace acordarme del mío.

–Carlota –pregunta de repente–, ¿qué es eso de la banda sin futuro?

–Es el título de un disco raro –salgo yo por la tangente–, un disco que se grabó pero nunca llegó a editarse. De Gasca, no sé si lo conocerás, el de Derribos Arias.

–Me suena. Pero –éste no se da por vencido tan fácilmente– ¿por qué decías que tú eres de la banda sin futuro?

–No sé. ¿No te salen a ti cosas así de repente que no sabes explicar muy bien? –Y, como sigue mirando hacia mí todo serio, acabo reconociendo lo que no quería–. Será porque no me veo con mucho futuro...

–El futuro no es algo que se vea. Está aguardando a que lo escribamos, y hasta que no lo escribamos no lo podremos leer.

¿Por qué habla como un libro de filosofía? Me pone furiosa este tío, que lo ve todo de color de rosa. Seguro que es de los que, como decía Lina, nacieron con una flor en el culo. Y encima, siendo tan guapo, todas las chicas le hacen caso y puede andar por ahí soltando tonterías.

–Yo no creo que podamos escribir el futuro. ¡Ojalá! –digo en un tono medio irritado–. Nos pasan cosas que no nos gustan, que no queremos. ¡No me dirás que podemos conseguir siempre lo que queremos!

–Claro que no, no quise decir eso. Pero tampoco estoy de acuerdo con que el futuro esté escrito en alguna carta astral o en la palma de la mano. Una parte de lo que pase en el futuro depende de nosotros. A lo mejor no conseguimos todo lo que soñamos, pero de lo que sí estoy seguro es de que para conseguirlo tenemos que soñarlo primero.

Es bonito lo que dice Moncho, pero yo tengo la manía de llevar la contraria y me resisto a darle la razón.

–¿Qué más da que yo sueñe con ser médica? Antes tengo que sacar una notaza en la selectividad, conseguir entrar en la facultad, estudiar seis años, preparar otro examen, hacer el MIR y, después, seguramente, ir de cabeza al paro. ¿Somos una banda sin futuro o no?

–¿Tú también quieres hacer medicina? –dice

como sorprendido–. Cuando era pequeño y me preguntaban qué quería ser, decía que médico sin fronteras..., pero ahora no sé si podré ir a la universidad dentro de dos años. Mi padre acaba de quedarse en paro. Igual tengo que ponerme a trabajar... si encuentro.

Así que él sí es realmente de la banda sin futuro, pienso. De haber nacido con una flor en el culo, nada de nada. Pero llegamos al portal de mi casa y me dice chao con su cautivadora sonrisa. Ha conseguido que me sienta un poco ridícula, hablando de los problemas que me esperan de aquí a diez años, dando por supuesto que iré a la universidad. En mi casa, eso no se pone en duda.

–Hola, Poch. Acabo de darme cuenta de que una cosa de las que decía hoy Moncho ya me la habías contado tú el lunes pasado: que sólo si intentamos pillar el cielo con los pies podremos llegar a agarrar unos jirones de nube con las manos.

–¡Vaya! –dice él–. Menos mal que te acuerdas de mí algún día. Me van a salir telarañas en la lengua por falta de uso. Cualquier día me arrugarás y me tirarás a la papelera.

–No es eso. Pero fue una semana de mucho lío...

–Sí, sí. Me lo sé de memoria. Uno que te regala una cinta, ¡el más grande acontecimiento que vieron los siglos! Además, otro se dio cuenta de que tenías tetas, y conste que no es fácil adivinarlas debajo de esos jerséis inmensos... Seguramente tú preferirías que fuese a la inversa: que el primero te dibujase las tetas y el segundo te grabase la cinta, pero ya se sabe que la vida es un lío y no siempre salen las cosas como en las letras de las canciones.

–Sin contar con lo ocupados que hemos estado cazando espermatozoides en clase de Biología... y el follón con la de Dibujo, que no ha terminado... Aún nos va a suspender a todos.

–En resumen: a principio de curso te hacía mucha falta, pero ahora no sabes a qué atender entre tantas amistades y proyectos de ligue. En fin, ya sabes –y canturrea: «*Prefiero estar un poco* siego / *que ver todo como es. / Prefiero verte a medias / que sufrir tu cruda realidad*».

–No me tomes el pelo (huy, en qué estaría pensando)... Seguro que la realidad es tan cruda como dices tú y acabaré dándome un trompazo. Pero, mientras tanto, esta semana casi he sido feliz.

Domingo, 8 de noviembre

Paso una buena parte del fin de semana haciendo láminas de dibujo para preparar el examen. Teniendo en cuenta cómo está el patio, todas las precauciones son pocas. Y a mí el dibujo no se me da demasiado bien. También tengo que acabar de aprender el papel de duende: el miércoles tenemos ensayo. Ya está fijada la fecha de la representación: «Será el último viernes del trimestre, el dieciocho de diciembre, después de los exámenes, para que no estemos nerviosos», dijo Roberto, y antes de las evaluaciones («... para evitar que el suicidio de algún protagonista impida el estreno», contestó Nacho por lo bajo).

Tengo bastante adelantado el trabajo, y después de comer llamo a Paulina por si quiere ver *Barrio* conmigo, pero su hermana me dice que ha salido. Es igual, iré con Ana o sola, no sea que la quiten y me quede sin verla.

En casa están admirados de lo que ellos consideran mi conversión al instituto nuevo, de que haya dejado de protestar por tener que ir a clase antes de que me crezca el pelo.

–Os invito yo al cine –dice mamá, y me da tres mil pelas extras además de la paga semanal–. Llévate las llaves, que nosotros iremos a recoger a la abuela.

Cuando la abuela va a la aldea sola, coge un autobús de línea que, aparte de tener vídeo, podría ser del siglo pasado. Va parando en todas las localidades que existen (y puede que hasta en algunas inexistentes), de forma que tarda más de dos horas en recorrer los setenta kilómetros que hay de aquí a allí.

Voy con Ana a ver *Barrio* y salimos deprimidísimas. ¡Esa banda sí que carecía de futuro! Casi, casi, los que dan más pena son los padres, unos personajes derrotados.

–Lo peor es que sea tan buena –digo yo–, porque si estuviese mal hecha no la creerías, no te meterías dentro. El padre del yonqui, por ejemplo, te hace pensar en lo que será llegar a esa edad y sentirte un fracasado.

Pero Ana no está de acuerdo conmigo.

–Yo creería más la historia si no fuese tan tremenda, si a algún personaje le saliese algo bien..., ¿sabes?, después de ver una así, la primera reacción es decir: «¡Qué chunga es la vida!», pero al cabo de un poco lo que piensas es lo contrario: «¡Qué suerte tengo!: mis padres tienen trabajo y, aunque a veces se pongan inaguantables con lo de no llegar tarde por la noche y lo de las notas, casi nunca llega la sangre al río».

–Pero, en mi casa, comunicación entre ellos y yo, cero. ¿Cómo se puede vivir juntos y no saber nada de lo que pasa por la cabeza del otro? ¿Cómo pretenden que ponga toda mi vida en función de las notas?

–A lo mejor es cierto –dice Ana– eso de la brecha generacional. Y, en todo caso, si te entiendes con alguien de otra edad, seguro que no es con tus padres.

Llevo las llaves, pero mis padres, Inés, que ha ido con ellos, y la abuela llegan antes que yo. Saludos, besos. «Qué tal, cómo lo has pasado. Qué pena que no vinieras –dice ella–, está el soto tan bonito en otoño...»

–Por cierto –dice mi madre–, nos cruzamos con esa amiga tuya del instituto.

–¿La que llamé para ir al cine? ¿Paulina?

–Sí. Claro que no estaba en casa. Iba muy agarrada a un novio o lo que sea, que ahora no los llamáis así. Un chico altísimo con el pelo recogido en una coleta.

Hay veces en que una querría morirse o por lo menos dormir durante cien años como las princesas de los cuentos y, al despertarse, no recordar nada de lo que había ocurrido antes. Pero no, no quiero dormir y que entres en mi sueño, ahora que sé que yo no entro en los tuyos por más que llame a la puerta toda la noche. Dormiré acurrucada en el dintel de tu puerta cerrada, como la niña de las cerillas, como los viejos mendigos que pasan las noches en los portales. ¿Por qué he tenido que conocerte? ¿Por qué le llamaste gilipollas a Toño y me arrebataste el corazón? Ahora lo has dejado caer desde tu altura y se ha hecho pedazos.

> Noche, alguna noche, corazón,
> te haces pedazos
> como una hucha
> arrojada contra el suelo

Cuando era pequeña, uno de los libros que más me gustaba era *Memorias de una vaca*. Este año me regalaron un disco con poemas de Atxaga. Pondría esa canción y lloraría en la oscuridad mientras mi corazón se rompe en miguitas. En el tiempo en que leía *Memorias de una vaca* quería desesperadamente crecer, tener dieciséis años. Ahora daría cualquier cosa por volver a ser una niña, leer historias de animales en vez de escuchar estos poemas que hacen llorar hacia dentro.

No había sido tan desgraciada desde que me dijeron que tenían que raparme el pelo. No puedo hablar con Poch, ni él hablar conmigo; cojo un libro, pero no me entero de lo que estoy leyendo. En la página veo únicamente a Miguel abrazando a Paulina. Ya era bastante Miguel ligando con otra y tenía que dejarme también sin la única amiga que hice en estos meses.

Quiero desaparecer, convertirme en humo. ¿Para qué vivir? ¿Para qué enamorarse, si después viene este sufrimiento? Quizá sólo una de cada cien veces la persona de la que tú te enamoras se enamora de ti. Tal vez a mí no me ocurra nunca. No sé cómo voy a hacer para quitarme esto de la cabeza, este repiqueteo como agujas de un reloj, que dicen Miguel y Paulina, Paulina y Miguel.

16

La niña erizo

Martes, 10 de noviembre

Ayer fui yo quien anduvo evitando a Paulina y a Miguel. No sé cómo voy a aguantar el tipo cuando tenga que hablar con ella. ¿Y si me cuenta alguna cosa de su ligue? No lo soportaría. Si pudiese, borraría de los abecedarios las emes, las ges y las eles. Habaría coo hababaos Inés y yo de pequeñas, en una enua secreta. Ahí viene Oncho. Debe de traer aluna cosa de i traje, pero no quiero habar con e.

–¡Carlota!

–¿Sí?

–Quiero que veas... ¡Tuve una idea estupenda! He hecho un cruce del duende con Jill Bioskop. ¿Sabes quién es?... Mira.

Claro que sé quién es Jill Bioskop. Todo aficionado a los cómics que se precie conoce a los personajes de Enki Bilal. Lo malo es que lo más característico de Jill es su pelo azul, y yo...

Moncho saca de la carpeta un dibujo lleno de tachaduras. Soy yo de nuevo, con un traje todavía más pegado a la piel que la otra vez, más moderno, menos «duende». Las mallas están arremangadas por media pierna y llevo unos tenis azul rabioso (el color del pelo de Jill) en los pies; también es azul la camiseta con capucha, adherida al cuerpo como uno de esos tops de licra. A pesar de que la cara está pintada de blanco y los labios de azul como los de Jill, soy yo y no ella. Soy yo porque ella tiene curvas más rotundas, más tetas, más culo. Las tetas son, como la otra vez, calcaditas a las mías, que Moncho nunca ha visto.

–¿No te gusta? –pregunta ansioso.

Es entonces cuando me doy cuenta de que no he dicho nada. Tengo la cabeza en otro sitio, ya no me apetece hacer de duende tanto como antes. No quiero encontrarme con Miguel en los ensayos. No sé qué le voy a decir a Paulina, cómo voy a impedir que me haga confidencias.

–Sí, sí..., está bien –digo sin convicción.

–¿Qué te pasa? –pregunta él, cogiéndome por los hombros y mirándome de frente–. Tienes una pena negra en el fondo de los ojos. Si pudiese zambullirme dentro y sacarla...

–No me pasa nada –miento escurriéndome de la presión de sus manos hasta que me suelta–. Estoy preocupada por el examen, los líos con el dibujo. Nos vemos en el ensayo.

–Cuídate mucho, mi niña.

Las palabras de Moncho me dan ganas de llorar. No he llorado (hasta ahora) por el desengaño con Miguel, sólo me voy enrollando hacia dentro.

¿Es esto lo que llaman hacerse adulta? No sé si la diferencia estará en que cuando era pequeña lloraba hacia fuera y ahora no soy capaz. Pero era mejor ser pequeña, sacar afuera esa pena negra que dice Moncho, en lugar de tragarla para que envenene mis pensamientos. Enroscándome hacia dentro acabaré siendo un erizo, como Juan, pinchando a todos con las púas. Pero en este momento es la única idea que me consuela, ser una niña erizo y no tener que relacionarme con los demás.

Claro que, si yo soy un erizo, hay gente como Gracia que alcanza la categoría de puerco espín. Llega a clase con unos morros de tres palmos y llamándonos por el apellido, indicación de que está mosqueada. El examen me parece dificilísimo: un poliedro endiablado y una perspectiva que, diría yo, no hemos aprendido en clase. Aunque yo falté varios lunes y el lunes, precisamente, hay clase de Dibujo. «¡Carlota, eres tonta! Ni siquiera tuviste la precaución de pedirle a alguien los apuntes de esas clases. Pero, en fin: a lo hecho, pecho. Lo haremos lo mejor que podamos. Sólo faltaba, por encima de todas las desgracias, suspender el Dibujo.» ¿Y por qué tuve yo (y tropecientos compañeros, igual de tontos que yo) que escoger esta asignatura? No es obligatoria para este bachillerato en el que estoy. Pude haber cogido un segundo idioma, otra cosa menos problemática. Claro que entonces igual estaría en otro grupo y no habría conocido a Miguel. «¡Carlota, te has quedado en la viñeta anterior! Justamente eso sería lo mejor, no conocer a Miguel, que fuese una cara más en los pasillos del instituto, no esta astilla espetada en el corazón que no te decides a sacar del todo.»

Tal como sospechaba, lo de la perspectiva no lo ha dado todavía en clase. Mejor dicho, lo empezó a explicar ayer –según están comentando a la salida del examen–, y en teoría sólo entraba lo que se había dado hasta la semana pasada. El personal está indignado. En la puerta del aula, mientras acaban los últimos que están dentro, todo el mundo habla a un tiempo.

–¡Hay que montar un cirio! –Miguel es, ¡cómo no!, uno de los que lleva la voz cantante–. No se puede consentir que nos examine de cosas que no entraban...

–Hay que pasar de ella y decírselo al tutor o al dire. Total, ¿qué vamos a conseguir con Gracia? –dice Manolo–. Le entra por un oído y le sale por otro. Es lo mismo que hablarle a la pared.

–Por lo menos, ponerla verde –dice Miguel–. Que se entere de que no puede tratarnos como si fuéramos gusanos. Que los exámenes no son el juego del ratón y el gato. ¡Te pillé!

Miguel va levantando la voz a medida que habla y dice lo último casi gritando. Y de repente me encuentro diciendo:

–¡Ya está bien de enfrentamientos! Con los profes siempre llevaremos las de perder. Pasad de ella y vamos a protestarle a Mister Bean. ¿De qué va a servir que le montéis una bronca? Después lo pagaremos todos... A lo mejor, si no discutiésemos tanto con ella en clase –y miro a Miguel–, no nos haría esto.

Yo también me voy acalorando a medida que hablo. Miguel me mira asombrado como pensando: «¿Qué mosca le ha picado a ésta?».

–Vale, vale –dice Manolo–. Estamos todos nerviosos. No tenemos que enfrentarnos con Gracia, como dice Carlota..., ni entre nosotros. Lo dejamos para mañana, cuando estemos más tranquilos.

–Pero esto no va a quedar así –dice Carlos.

–No va a quedar, no –dice Miguel–. De ninguna forma.

Me voy para casa furiosa con todos. Con Gracia, con Miguel y, sobre todo, conmigo misma. Lo que dijo Manolo iba dirigido a mí, y lleva razón. Me he comportado injustamente. Estoy dolida con Miguel porque le gusta Paulina y no yo, pero, como no se lo voy a decir, le largo un rapapolvo, le acuso de armar líos. Qué irracional, qué absurdo. Llueve y no tengo paraguas. Ahora que, como decía Castelao, están las nubes llorando, podría aprovechar y llorar también yo, echar una poca de esta pena negra hacia fuera. Nadie se daría cuenta: aunque, de todas formas, a nadie le importa si lloro o no.

–Vamos, Carlota –dice Poch–, no vas a montar una tragedia porque un chaval no te haga caso. Ya sé que ese superhéroe tuyo te parece un chico único en el mundo. Siempre es así cuando uno se enamora. Pero no te vas a morir por eso.

–Reconocerás que tengo mala suerte. A otra gente le gusta uno y consigue gustarle...: mira a Paulina.

–Tienes dieciséis años y todo el tiempo del mundo por delante...

Interrumpo lo que está diciendo. No aguanto que me digan esas cosas.

–¡Pareces mi padre! No veo por qué tengo que esperar a tener veinte años para que me quieran...

–No...; sólo que... reconocerás que tú, por ejemplo, tienes tiempo, mientras que yo ya no. Y no me quejo, viví amores que merecieron la pena.

Eso ha sido un golpe bajo, ¿qué puedo responder?

Miércoles, 11 de noviembre

Manolo va a hablar con Mister Bean y él promete que va a negociar con Gracia y decirle... «¿Decirle qué? –pregunta Mister Bean–, ¿queréis que os repita el examen?»

Gran discusión otra vez durante el recreo. Esta historia del dibujo apesta. Acabaremos haciendo lo que ella quiere con tal de no tener que discutir más.

–El examen otra vez, ni hablar...

–¡Mierda, el examen otra vez no!

Eso es lo que dice todo el mundo, pero Manolo pregunta:

–Entonces, ¿qué queremos? ¿Que califique sólo el poliedro?

–¡Ni hablar! –dice Abel indignado–. No vamos a salir de Guatemala para caer en Guatepeor; que nos califique la parte correspondiente de la perspectiva aprobándonos a todos.

–Eso es imposible –dice Paulina–. Tenemos que pedir algo razonable. Que nos ponga nota sólo por lo que dio o que nos repita el examen. No hay muchas más alternativas.

–Es que yo..., francamente..., el poliedro, muy mal –dice Abel sincero–. Si pone nota sólo por el poliedro, voy de cráneo.

–Mirad una cosa –interviene Moncho–. Lo peor sería estar divididos, que acabe con nosotros por cansancio. Tenemos que votar entre las dos alternativas que dice Paulina y después mantenernos unidos gane la que gane.

Aunque no nos apetezca repetir el examen, a lo mejor es la solución menos mala.

Discutimos un poco más y acabamos votando.

Finalmente, hay una mayoría en favor de repetirlo. ¡Qué faena!

Por la tarde, ensayo general; sin trajes, claro. Los tres príncipes juegan al balón en lo que será como una esquina de un barrio. Yo, antes de entrar en escena, canto desde dentro de la cárcel. Entonces dice Miguel:

VERDEMAR: *¿Quién canta en el torreón? ¡No conozco esa voz!*

«Es verdad que no me conoces, Miguel. Ni te imaginas las que estoy pasando por culpa tuya.»

Sigue la obra. Soy traicionada por los dos hermanos de Verdemar que me prometen la libertad y después no cumplen su palabra. El balón entra por tercera vez en mi calabozo. Yo me niego a devolverlo por tercera vez.

VERDEMAR: *Me duele que el engaño de mis hermanos haga dudar de mi palabra.*

«¡Si no ha sido ningún hermano tuyo quien me ha engañado! Me he engañado yo sola y me has desengañado tú. Y ni siquiera lo sabes. Ahora no quiero oír tus palabras que antes me hacían bien porque son como alfileritos que se me van clavando y convirtiéndose en esas púas de erizo con las que luego pincho a los demás, incluso a ti mismo. Pero, después de que me abras la puerta de la cárcel, aún tengo que decirte una cosa...»

DUENDE: *Gracias, príncipe mío. Si alguna vez necesitas el valimiento de un duende, no tienes más que llamarme. Toma este anillo* («y para eso tengo que coger tu mano, la que tú no me darías fuera del escenario»). *Cuando te lo pongas, me tendrás a tu lado*.

Es duro esto, más de lo que imaginaba. Duro, coger tu mano en la mía y darme cuenta de que no siento nada especial. Normal, claro, tú estás enamorado de Paulina, no de mí. ¡Si fuese tan fácil quitar tu nombre de mi cabeza como arrojar la pelota por la ventana de esa cárcel de cartón! Y encima estarás enfadado conmigo por lo que te solté ayer.

Al terminar el ensayo, estoy poniéndome el chubasquero y recogiendo mis cosas para irme cuando oigo entrar a alguien en la clase. Es Miguel. Viene derecho hacia mí. El corazón se me desboca, no puedo evitarlo.

–Carlota, quería decirte que ayer llevabas razón. ¡Menos mal que no le dijimos nada a Gracia! Es que yo soy muy cascarrabias y a veces pierdo el control...

–No si... También yo. El tono en el que te hablé no venía a cuento... No tienes la culpa de que Gracia sea una borde.

–¡Ffiuu! –hace él–. Tenía ganas de aclarar esto contigo, porque eres de las pocas amigas que tengo en clase y...

Por un momento parece que se va a inclinar y darme un beso como la otra vez, pero yo digo rápidamente.

–¡Amigos! Tengo que irme. Chao.

Salgo corriendo. No quiero que me dé uno de *esos* besos. No ahora, cuando sigo deseando que me bese de otra forma. Tal vez dentro de un tiempo podamos ser amigos. Por ahora me resulta difícil.

17

La medida del pelo

Lunes, 16 de noviembre

Qué raro! Mamá desayuna hoy con nosotros. Lo normal es que, mientras tomamos el café con leche, ella esté ya saliendo para la escuela.

–¿Qué pasa? –pregunta Inés.

–Tengo que ir al hospital –dice ella.

¿Al hospital? Me sobresalto. No contaba con ir hoy. «¿No fue la semana pasada cuando...?» Pero, antes de que yo diga nada, ella se adelanta.

–Voy al hospital, pero es con la abuela. Tiene que hacerse unos análisis. No eres la única que tiene tratos con los médicos.

Que más quisiera yo que dejar de tratarlos. A ver si es cierto que la semana que viene es la última.

A la hora del recreo Nacho me cuenta lo bien que lo pasa haciendo de Espandián.

–Me encanta esto del teatro, ¿sabes? Y ese personaje me da mucho que pensar.

–¿Que pensar?

–Sí, es un animal, un zopenco. ¿Tú crees que

Roberto me habrá escogido porque piensa que soy una acémila?

–¡No, qué va! –afirmo yo muy convencida, aunque me guardo muy mucho de decirle que yo también dudé sobre los motivos de Roberto.

–No creas, que a veces ya me gustaría ser de otra forma, ya... Oye, ¿qué vas a hacer miércoles después del ensayo?

–¿Yo? ¿Qué voy a hacer? –digo, pillada por sorpresa.

–Vamos a tomar algo, con Carlos, Lidia y Martiño y algunos más. ¿Te apetece?

–Sí..., muy bien...

No, si, al final, acabaré haciendo amigos en esta clase...

–¡Vaya amigos! –gruñe Poch–. Lo mejorcito del curso.

–Últimamente siempre andas refunfuñando. No te parece bien nada de lo que hago

–Reconocerás que el Carlos y el Nacho no son lo más recomendable de la clase... En cuanto a Lidia, tú misma querías quitarla de en medio no hace tanto tiempo.

–¡Cuando digo que eres clavadito a mi padre...! ¿Sólo son recomendables los que sacan matrículas? Nacho y Carlos son buena gente. No son de lo más sutil de clase, pero a ver si es que todos tenemos que ser unos sabihondos como...

El nombre de Miguel sin pronunciar queda suspendido en el aire entre Poch y yo. Parece que guiña un ojo.

–No, si está muy bien que salgas y conozcas a otra gente.

Estoy preocupada por la abuela y voy a preguntarle a mamá que está preparando la cena en la cocina con cara seria.

–¿Qué ha pasado con los análisis de la abuela?

–¡Los análisis!... –suspira ella, y hace una larga pausa–. ¿Sabes, Carlota? La abuela está viejecita. Tenemos que cuidarla mucho.

–No está –me sale del fondo del alma–. No es vieja. Yo la veo mucho más joven que otras abuelas.

Tengo en la punta de la lengua que, comportarse, se comporta a veces como si fuese más joven que muchos padres, pero me reprimo. Mi madre puede ser muy estricta, pero de tonta no tiene un pelo.

–Pero los años no perdonan. Ninguno de nosotros somos inmortales.

Me doy cuenta de que su cara está rígida como una máscara, y hasta me parece que tiene los ojos encarnados.

–Va a seguir un tratamiento durante un tiempo –dice–. Verás que va a parecer cansada, con menos energía. Tenemos que cuidarla –repite.

–¿Y con ese tratamiento se curará? –insisto yo. Quiero que me tranquilice.

–Curar, curar... –dice ella, vacilando–. Hay cosas que no tienen propiamente cura, como la vejez.

Parece que va a decir algo más, pero se calla. Me da la impresión de que hay más cosas que no se decide a contarme.

–Hay que atenderla bien –digo yo, repitiendo su idea.

–Sí –contesta bajito–, en los últimos tiempos me parece que no le hice todo el caso que debiera... Anda, hija, ve a poner la mesa.

Voy a poner la mesa dándole vueltas a sus palabras. Realmente en esta casa quien reclamó más atención en los últimos tiempos fui yo. Y, bien mirado, lo de mi pelo es de las cosas que el tiempo arregla, mientras que con lo de la abuela el tiempo trabaja en contra, y acabará quitándonosla.

Martes, 17 de noviembre

Al volver a casa, después de las clases de la tarde, voy a donde la abuela, que está calcetando un chaleco para Inés.

–¡Hola abuelita! ¿Quieres que te lea algo mientras haces punto?

Me mira por encima de las gafas como diciendo: «¿Qué mosca le habrá picado a ésta?».

–Tú también me contabas cuentos cuando era

pequeña –digo como justificándome–. ¿Te acuerdas del de Juan Erizo?

–¿Qué es lo que piensas leerme? –pregunta sonriendo–. ¿Una de esas historias de vampiros que te gustan a ti?

–Una que nos guste a las dos. Déjame pensar... ¿Qué te parece *La princesa manca*?

–Mejor cuéntame algo de ti. ¿Cómo te va en el instituto? Algo fue mal la semana pasada, ¿no es cierto?

No hay forma de ocultarle nada a esta mujer.

–Es verdad –reconozco.

–¿Un chico? –pregunta ella.

–¿Por qué lo sabes?

–No lo sé. Sospecho nada más. Lo sé por vieja, por experiencia de muchos años...

–¡Tú no eres vieja! –digo, y siento las lágrimas queriendo salir. ¿Me da pena la abuela o me doy pena yo?

–Mira, Carlota –dice la abuela, y ahora está seria–: además de ser vieja, estoy enferma. Tengo un cáncer. Ya hacía tiempo que estaba haciéndome pruebas, pero ayer dieron los resultados de los análisis. Tus padres creen que me engañan diciendo que es un proceso crónico, algo sin importancia, pero yo tengo oídos y ojos, sé lo que es un departamento de oncología.

–¿Tienes que operarte? –pregunto, y me concentro intensamente para que me diga que sí, que se va a operar, que en unos meses estará curada.

Pero ella menea la cabeza.

–No han hablado de operar, sino de un tratamiento. Debe de estar muy extendido, y en ese caso es inútil operar.

–¿Y entonces? –digo, negándome a aceptar lo que me está dando a entender.

–No somos inmortales, hija –dice ella, repitiendo las palabras de mamá–. Ni siquiera aquellos a quienes más quieres. Tú sabes cuánto nos queríamos el abuelo y yo.

«No –pienso–, no lo sé.» Me doy cuenta de que no he prestado demasiada atención a las personas que me rodean, los he considerado como comparsas de una obra en la que yo soy la única protagonista.

–Dame un beso –dice ella–, no vamos a estar todo el tiempo hablando de mi enfermedad. La vida es así y yo no puedo quejarme: he vivido tiempos interesantes, tuve trabajo propio, un marido maravilloso, mis hijos me quieren..., a pesar de que tu madre, cuando tenía tu edad, pasaba las horas discutiendo conmigo, protestando porque no la entendía.

La abuela fue maestra y siempre habla con orgullo de lo que significó para ella tener un trabajo. Pero me sorprende lo que ha dicho de mi madre, que pasaban la vida riñendo. ¿Les ocurrirá eso a todos los hijos? Estoy confundida. Al lado de esta catástrofe de la abuela, de este mal que la va royendo por dentro, ni siquiera lo de Miguel parece tan importante como ayer.

Disculpa, Poch, que hoy no sea capaz de hablar contigo. Estoy llorando y no sé bien si es por la abuela o porque cuando ella se vaya no volveré a ser niña nunca más. Tú eres mi amigo, pero ella estaba antes. Siempre fue quien me comprendía, mi Poch de carne y hueso. Ahora me doy cuenta de que yo hice bien poco por comprenderla a ella. Y casi no queda tiempo.

Miércoles, 18 de noviembre

Hoy ensayamos, sin trajes pero con el maquillaje. Yo me pinto la cara de blanco y los labios de azul. Según Moncho debería parecer Jill Bioskop, una hermosa mujer de ciencia-ficción, pero temo que parezco más bien un payaso o, como mucho, un ánima en pena.

En el ensayo, Roberto me felicita delante de todo el mundo.

–¡Muy bien, Carlota! Mucho mejor que el otro día ese toque de desencanto del Duende, traicionado por todos pero que sigue devolviendo la pelota.

Estoy por decirle que no tiene ningún mérito. Sintiéndome desencantada y desesperanzada es fácil representar un personaje así. A lo mejor sería más difícil en este momento hacer de una persona alegre, ilusionada.

Miguel y Paulina andan cogidos de la mano delante de todo el mundo. Hoy, durante el ensayo, mientras aguardaban en un rincón para entrar en escena, se besaban. No es verdad que lo de la abuela me haya hecho olvidar este amor frustrado, no. Todavía me hace daño ver cómo se besan, la mano de él acariciando la de ella.

No quiero mirar hacia ellos y vuelvo la cabeza para otro lado. Del otro lado está Nacho.

–Nos vemos a la salida, entonces –dice mientras empuña la enorme navaja con la que va a pelear contra Miguel.

«¡Acuchíllalo, Nacho! Mira lo que me ha hecho, esta herida que parece incurable.» Pero no, lo que se me había olvidado, ¡vaya desastre soy!, es que había quedado con ellos para salir.

–Casi no voy, si me disculpáis –digo–. No me encuentro demasiado bien.

Creo que se va a ofender, pero lo que hace es darme un abrazo y besarme en la mejilla.

–Cuídate, preciosa.

¿Por qué todo el mundo se empeña en que me cuide? Todos, menos el único que debería cuidarme. Después de dar unos pasos, Nacho cambia de opinión y vuelve atrás.

–Preguntaré adónde vamos, por si después te apetece pasar por allí, ¿vale?

Y, lanzándome otro beso con la mano, se va sin darme tiempo a responder que no, que no me va a apetecer más tarde.

Acaba el ensayo, ¡por fin! Tengo ganas de volver a casa, de estar junto a la abuela. Quizá no nos queden muchas tardes juntas.

Estoy en el baño, limpiándome la pintura blanca delante del espejo cuando dicen mi nombre desde la puerta y entra Moncho. Este chico no se corta un pelo. Le da igual que sea el baño de las chicas.

–Carlota, he tenido una idea.

–¡Qué miedo! –digo yo, medio en broma.

–Pero necesito verte sin..., tienes que quitarte el...

Ahora sí que se queda cortado, y yo también. ¿Qué quiere que me quite? ¿Necesita verme en cueros para poder dibujar las tetas una vez más? Se pone encarnado y dice sin respirar.

–... el gorro.

–¡Ah, no!, ¡Ni de coña! –digo yo.

Me quedo tan cortada como él. No suelo decir palabros delante de la gente, aunque los piense a veces. ¡Qué cara tiene! Mira que pedirme eso, que sólo de pensarlo me da escalofríos. Me doy cuenta de que estoy temblando y me indigna que me hagan perder el control.

–Te lo voy a explicar –dice él, recobrando la voz. ¡Mira que es cabezota!–. Quería que llevases el pelo teñido de azul, como Jill Bioskop. Como debes de tenerlo muy cortito...

¿Cómo sabe él la longitud de mi pelo?

–No, no –digo yo sin aliento, meneando la cabeza.

Y de repente, sin transición, se acerca y me coge las manos entre las suyas.

–Tranquila, Carlota, ¡qué mal lo estoy haciendo! ¿No ves que me gustas muchísimo, que me da igual que tengas pelo o no? Quiero verte la cabeza como quiero verte el cuerpo, desnudo, como eres tú, sin trapos de por medio.

No sé cómo estamos besándonos, tengo su lengua en la boca. Lleva las manos a mi cabeza y me quita el gorro. Yo dejo que lo quite. Es un alivio extraño sentir el aire en la cabeza, su aliento junto a mi oreja. Luego acaricia muy despacito esos pelillos cortos como hierba segada, y yo siento cosquillas y no sé bien si me gusta o no me gusta, estoy tan confusa...

–Es que yo...

–Ya sé –interrumpe él–. Tú, ciega por Miguel. A mí no me ves.

–¿Y tú qué sabes?

–Yo sé casi todo lo que tiene que ver contigo, mi niña. Mira, mírate en el espejo: ¿no ves qué bonita estás así?

Sin querer, vuelvo la cabeza hacia el espejo. Una chica distinta a la niña del gorro me mira desde allí. No es un cocoliso ni un monstruo, sólo parece asustada. Tiene una pelusa en la cabeza, los ojos brillantes como si estuviese a punto de llorar.

–¿Cómo voy a salir así en el teatro? –pregunto–. ¿No ves qué corto está?

–Comparado con el mío, larguísimo –ríe él–.

De longitud infinita, porque ya sabes que un número, por pequeño que sea, partido por cero...

Su sonrisa es un imán al que se queda pegada mi boca. Sus manos van enrollándose en mi cuerpo como hiedras.

–Sabes a sal –me dice–. ¿Estás tragándote las lágrimas?

En ese momento, se abre la puerta otra vez y entra Nacho.

–Carlota, vamos a estar en el Pizza... ¡Huy, perdón!

El baño de las chicas parece hoy el camarote de los hermanos Marx.

18

Los encargos a Poch

Viernes, 20 de noviembre

Si hay algo que funciona a toda velocidad en este instituto son los cotilleos. No creo que se transmitan más rápidas las noticias por la telaraña de la World Wide Web.

–¡Vaya con la Carlota! –me dice Carlos–. Parece que no ha roto un plato en su vida y se levanta nada menos que al Moncho.

–Si yo no...

–No me irás a decir que lo que vio Nacho fue cómo él te quitaba el maquillaje con la lengua.

¡Qué bruto es Carlos! ¿Y qué voy a decir? ¿Que todavía no sé si me gusta Moncho o no? ¿Quiero a Moncho o lo que estoy deseando es sólo alguien que me quiera? Ha sido todo muy apresurado: lo de Miguel, la abuela... No es tan fácil pegar una hucha rota.

Tengo que ir a buscar a Moncho para aclarar con él esa cuestión del pelo. ¿O quiero verlo por otro motivo? No pienso actuar sin capucha. Ésa fue una de las razones por las que me gustó el papel de duende. ¿Qué pretende, que todos se rían de mí?

–¿No ves que se reirán de mí, si salgo con la cabeza pelada?

–Estás confundida de medio a medio. Se quedarán boquiabiertos si apareces en el escenario con el pelo azul. Porque eso sería una sorpresa del día del estreno. En los ensayos llevarías capucha y, de repente, en el estreno..., tatachín...

–¡Aquí está cocoliso!

–No tienes ni idea. ¡Serás testaruda! Si te queda bárbaro...

–Todavía ahora, de quince días..., pero cualquiera sabe lo que pasará el lunes...

Paro. Nunca he hablado de esto con nadie, fuera de la familia claro. Moncho ni siquiera sabe por qué me han cortado el pelo.

—¿Qué pasa con el lunes?

–El lunes, cada quince días, revisión –digo yo–. Si todo fuese bien, puede ser que acabe el tratamiento, que pueda dejarlo crecer. Pero llevamos así desde octubre, la semana que viene, la semana que viene..., y ya ves.

–Esperaremos al lunes, entonces –dice él–. Imagínate, falta casi un mes para el estreno; ¡puedes tenerlo mucho más largo!

–Sí –ironizo yo–, infinito por cuatro.

Nos quedamos callados. Él me mira a los ojos de una forma que me da un poco de miedo. Temo que empiece a decir que le gusto como el otro día, porque no sé qué responder. Cuando me mira así tengo la sensación de que me ve por dentro, de que puede saber lo que pienso y, todavía más raro, de que empiezo a saber algo de lo que piensa él. Entonces levanta la mano y acaricia mi oreja muy suavecito.

–¿Por qué...? –dejo a medias la pregunta.

Se ve que en este momento debemos estar leyéndonos el pensamiento, porque sabe lo que quería preguntar.

–Porque tienes los ojos más tristes de la clase. Porque me dijiste eso de la banda sin futuro y desde entonces no puedo dejar de pensar en ti.

–¿Aceptas a Moncho en tu banda sin futuro, Poch?

–¡Qué risa me das! Moncho es tu problema, no el mío. Yo lo aceptaré si tú lo quieres. La decisión es tuya.

–No, si yo creo que está equivocado. Me ha tomado el número cambiado. En cuanto se dé cuenta de que soy un erizo, ya verás.

–Es gracioso cómo intentas pasarle la responsabilidad a otros. Eres tú, Carlota, quien tiene que decidir si te gusta o no.

–¡Gustar, gustar! Es difícil que no te guste Moncho. Cuando me mira fijamente me suben unas cosquillas por el cuerpo..., y no digamos cuando me besa. Pasaría todo el día besándome con él. Pero esa desesperación que sentía por Miguel...

–¡Espera, espera! ¿Qué has dicho? ¿«Sentía»? ¿Podemos considerar al superhéroe cosa del pasado?

–¿He dicho eso? No sé si es algo pasado. Por lo menos ya no me ocupa todo el sitio que tengo en la cabeza. A propósito, quería pedirte un favor.

–Tú dirás. Ya sabes que yo soy una especie de genio de la lámpara, siempre a tus órdenes. Sólo que en vez de un matón soy un tullido. Pero supongo que no querrás que me pegue con nadie.

–Para nada. Es la abuela. Quería pedirte que cuides de ella cuando vaya para ese lado. Tú tienes más experiencia. Debe de ser difícil.

–No te hagas ilusiones. Esto es sórdido, y, cuanto más tiempo pasas, va siendo peor. Normal, que intentes consolarte pensando que yo puedo cuidar de ella. Pero el tiempo, Carlota, es la única canción que no puedes volver a tocar. Cuida tú de ella, ahora que aún estás a tiempo.

–Es terrible eso que dices, ¿no?

–¿Prefieres que te cuenta una mentira para tranquilizarte? Lo único que vive de nosotros cuando pasamos de este lado es la memoria que dejamos en los demás. Que ella comprenda que su memoria vivirá en ti.

–¿Y tú, entonces?

–Yo estoy vivo por ti, en la medida en que tú me recuerdas, en que hablas conmigo algunos días. El día en que me olvides desapareceré.

Domingo, 22 de noviembre

Este fin de semana paso mucho tiempo con la abuela. Sobre todo porque tengo ganas de estar con ella.

–¿Me enseñas a hacer membrillo?

Una compañera de mi madre le regaló una cesta de membrillos hace un par de semanas. Toda la cocina huele, pero ya hay dos que están empezando a pudrirse.

–Estoy cansada –dice ella–, pero si lo haces tú... Será mejor que aprendas, por si acaso el año que viene ya no estoy.

Esto es algo que dice muchas veces, pero hoy no soy capaz de responder con una broma como otras. Sólo digo:

–Sí, claro que lo hago yo. Los pelo...

–No, no –dice ella–, siempre tan precipitada. En la cocina no se puede andar con prisas, Carlota. Ahora lo hago con una receta distinta. Lávalos bien, quita esa pelusa frotando con un paño y córtalos en cuatro.

Yo peso los membrillos, casi dos kilos, los lavo y hago como ella dice.

–Así, muy bien. Ahora coge la olla grande; no, ésa no; ¿voy a tener que levantarme?

–No, siéntate. ¡No soy tan inútil!

–Un poco de agua, pero no mucha, que no vamos a hacer sopa.

Pongo los membrillos cortados al fuego.

–¿Y ahora?

–Paciencia. Ya sé que es una palabra que no entra en tu vocabulario, pero... Hay que esperar a que estén blandos. Bien blanditos, porque tienes que pasarlos por la trituradora.

–¿Puedo ir pesando el azúcar?

–No tengas tanta prisa... Tienes que pesar los membrillos después de quitarles el corazón y de triturarlos. Entonces podrás pesar la misma cantidad de azúcar, ahora no sabes cuánto va a ser.

Lo peor viene después, porque hay que cocer los membrillos y el azúcar infinitamente y remover para que no se queme por debajo.

–¿Hasta cuándo, abuela?

–Hasta que esté: una hora, hora y media..., depende.

Llega Inés corriendo.

–¡Carlota, teléfono! Es un chico –dice con aire misterioso y cómplice, como indicando que ya sabe lo que es eso de tener dieciséis años, que llamen los chicos por teléfono.

–Inés, remueve aquí... ¡Ojo, no te quemes!

–¿Sí?

–Soy Moncho.

–Hola.

–Hola.

–...

–Sólo quería oírte. Es muy largo este fin de semana.

–¿Sabes? Tengo una cosa al fuego...

–¿A las cinco de la tarde? Señora sospechosa, ya puede ir buscando una coartada mejor.

–¡Es verdad! Estoy haciendo dulce de membrillo.

–Mmmm. ¡Mi golosina preferida!

–Te llevaré una prueba.

–¿Hoy?

–No pensaba salir. Tengo a mi abuela un poco enferma y...

–¡Anda! ¡Un poquitirrinín de nada! Sólo para ver que no has cambiado desde anteayer...

–Tengo que acabar esto... ¿Qué tal a las ocho y media? Pero no puedo volver muy tarde...

–Voy a buscarte a la puerta de tu casa a las ocho y media en punto. Un beso.

–Un beso –contesto yo, casi sin pensar.

En la cocina es la abuela quien está de pie, revolviendo en la olla. Inés, sentada a la mesa, tiene un dedo envuelto en una servilleta de papel y cara de circunstancias.

–Anda, ven aquí, que ya no falta mucho –dice la abuela.

–Tú siéntate y descansa.

–Tampoco me tratéis como a una anciana de cien años –dice, pero se deja caer en la silla.

–¡Me he quemado la mano! –se lamenta Inés, sorprendida de que le haga más caso a la abuela que a ella, con esa terrible quemadura en un dedo, que seguramente será causa de que se le caiga.

Voy a donde ella y aparto la servilleta; aunque resulta casi imposible ver la quemadura, más pequeña que una lenteja, por debajo de varias toneladas de crema que le ha echado por encima.

–El membrillo es muy traidor –digo yo–. Salta como un demonio.

–¿Quién llamaba? –pregunta la abuela.

–Un amigo. –El primer impulso es no contar nada, como hago siempre, pero después recuerdo las palabras de Poch. Aún estoy a tiempo–. Es un compañero del instituto, se llama Moncho. Estoy..., estoy saliendo con él, ¿sabes?

Y veo, de reojo, cómo Inés abre los ojos como platos.

–¿Será buen chico? –pregunta la abuela.

–Es buen chico, sí. De eso no hay duda.

Martes, 24 de noviembre

Parece imposible pero es cierto. Se acabó la pesadilla. Los análisis están bien. Ya no hay que cortarlo más. Ahora, a dejarlo crecer.

Tanto tiempo esperando este día, pensaba que iba a ser tan feliz...; pero ayer, en el hospital, no podía dejar de pensar en la abuela. Mucha ciencia y mucho aparato pero no son capaces de hacer nada por ella.

Mamá me abrazó, pero noto que ella también tiene el pensamiento en la abuela. Lo suyo sí que es grave. Ahora, al hablar del pelo me siento un poco como Inés el otro día con su dedo quemado. Tampoco me atrevo a preguntarle cómo va la abuela. Sé que está tomando una medicación, que parece muy cansada, pero mamá se pone triste al hablar de eso.

En el primer recreo viene Moncho con cara de expectación.

–Qué. ¿Qué ha pasado?

–Sí, sí. Bien. Ya puedo dejarlo crecer.

–¡Guay! –grita él.

–Chist... Tampoco tenemos que poner un anuncio en la tele...

–¿Cómo que no? ¿Sabes aquel que contrató unas vallas de publicidad? ¡Carlota, te quiero!

–Yo me moriría de vergüenza... Además, no es el momento...

–Es verdad –dice él. El domingo le conté lo de la abuela. Me hacía falta.

–¿Por qué tiene que pasar esto ahora? Podría estar tan contenta...

–Escucha –dice él–, un asunto importante. Estoy deseando quemar ese gorro...

–Como la piel de Juan Erizo –digo, y me da la risa.

Moncho pone cara de perplejidad. Igual no

leyó ese cuento de pequeño. Por eso no puede saber que Juan Erizo se quitó la piel para meterse desnudo en la cama con la princesa, y que fue entonces cuando los cuatro hombres quemaron la piel y él se volvió un chico normal, aunque estaba negro como un carbón.

–¿Puede saberse qué es lo que te da tanta risa? –pregunta.

–Nada, nada –digo yo. Me da corte contarle esa historia de gente que se mete desnuda en la cama.

–Ven aquí –dice, y me lleva de la mano hasta doblar la esquina del patio, donde es más difícil que nos vean–. Cada vez que te ríes me dan ganas de besarte.

–Pues entonces te vas a pasar la vida besándome –digo yo.

No sé si transcurren unos segundos o varias horas. Supongo que algunos minutos, porque suena el timbre de la clase.

–Entonces –pregunta–, ¿te quitarás el gorro en el teatro?

–Me lo quitaré –digo. Acabo de decidirlo. Nada deseo más que esa mirada de admiración en sus ojos–. Así haré juego contigo.

–Daremos el golpe –dice él–. Imagínate, todo el mundo esperando que entres con el gorro, y entonces... Y tendremos que cambiar el nombre de la banda, ¿no?

–¿Qué te parece Derribos Arias? Es para que un amigo mío viva un poco más.

ÍNDICE

Título de la edición original: *Banda sen futuro*
Traducción del gallego: Marilar Aleixandre
Diseño: Serifa
Ilustración: Photonica

Círculo de Lectores, S. A. (Sociedad Unipersonal)
Travessera de Gràcia, 47-49, 08021 Barcelona
www.circulo.es
3 5 7 9 2 0 0 4 8 6 4

Licencia editorial para Círculo de Lectores
por cortesía de Ediciones SM.

Depósito legal: Na. 372-2002
Fotocomposición: Fotoletra, S. A., Barcelona
Impresión y encuadernación: RODESA (Rotativas de Estella, S. A.)
Navarra, 2002. Impreso en España
ISBN 84-226-9357-7
N.° 20776